中国作家
同题散文
精选

严霜下的梦
艺术与战争

生死梦艺卷

茅盾 张恨水 等
著

人民文学出版社

图书在版编目(CIP)数据

严霜下的梦　艺术与战争：生死梦艺卷/茅盾等著
. —北京：人民文学出版社，2022(2023.6 重印)
（中国作家同题散文精选）
ISBN 978-7-02-017142-2

Ⅰ.①严… Ⅱ.①茅… Ⅲ.①散文集-中国-现代 ②
散文集-中国-当代　Ⅳ.①I266

中国版本图书馆 CIP 数据核字（2022）第 075135 号

责任编辑　卜艳冰　邱小群　刘佳俊
封面设计　李苗苗

出版发行　人民文学出版社
社　　址　北京市朝内大街 166 号
邮政编码　100705

印　　刷　上海盛通时代印刷有限公司
经　　销　全国新华书店等

字　　数　140 千字
开　　本　890 毫米×1240 毫米　1/32
印　　张　6.375
版　　次　2022 年 9 月北京第 1 版
印　　次　2023 年 6 月第 2 次印刷

书　　号　978-7-02-017142-2
定　　价　39.00 元

如有印装质量问题，请与本社图书销售中心调换。电话：010-65233595

编辑例言

中国素来是散文大国，历代文章，传诵不绝。而至现代，散文再度勃兴，名篇佳作，亦不胜枚举。散文一体，论者尽有不同解释，但涉及风格之丰富多样，语言之精湛凝练，名家又皆首肯之。因此，在时下"图像时代"或曰"速食文化"的阅读气氛中，重读经典散文，便又有了感受母语魅力的意义。

我国历来有编辑"类书"的传统，采撷群书，辑录各门类或某一类资料，根据内容加以编排，以供查询、征引之用，如《太平广记》《艺文类聚》《古诗类编》等。这样的编选思路，能够较为精准地囊括某一题材的佳作，方便读者检索、参考、阅读，也有利于传播，是古代的"数据库"。本着这样的出发点，我社曾分批编选并出版过一套以主题为核心的同题散文集，比如春、夏、秋、冬，比如风、花、雪、月……每册的内容相对集中，既有文学的意义，又有史料的功能。

数年过去，这套丛书在读者中反应尚佳。因此，我们决定遴选其中的经典篇目，并增加一部分之前未选入丛书的作品，出一套精选集。选文中一些现代作家的行文习惯和用词可能与当下的规范不一致，为尊重历史原貌，一律不予更动。由于编选者识见有限，疏漏之处在所难免，遗珠之憾也仍将存在，敬请读者诸君多多指教。

第一辑

生

第二辑

死

第三辑

梦

第四辑

艺

第一辑

生

生命的路

鲁 迅

想到人类的灭亡是一件大寂寞大悲哀的事；然而若干人们的灭亡，却并非寂寞悲哀的事。

生命的路是进步的，总是沿着无限的精神三角形的斜面向上走，什么都阻止他不得。

自然赋与人们的不调和还很多，人们自己萎缩堕落退步的也还很多，然而生命决不因此回头。无论什么黑暗来防范思潮，什么悲惨来袭击社会，什么罪恶来亵渎人道，人类的渴仰完全的潜力，总是踏了这些铁蒺藜向前进。

生命不怕死，在死的面前笑着跳着，跨过了灭亡的人们向前进。

什么是路？就从没路的地方践踏出来的，从只有荆棘的地方开辟出来的。

以前早有路了，以后也该永远有路。

人类总不会寂寞，因为生命是进步的，是乐天的。

昨天，我对我的朋友 L 说，"一个人死了，在死者自身和他的眷属是悲惨的事，但在一村一镇的人看起来不算什么；就是一省一国一种……"

L 很不高兴，说，"这是 Natur（自然）的话，不是人们的话。你应该小心些。"

我想，他的话也不错。

"这也是生活"……

鲁迅

这也是病中的事情。

有一些事，健康者或病人是不觉得的，也许遇不到，也许太微细。到得大病初愈，就会经验到；在我，则疲劳之可怕和休息之舒适，就是两个好例子。我先前往往自负，从来不知道所谓疲劳，书桌面前有一把圆椅，坐着写字或用心的看书，是工作；旁边有一把藤躺椅，靠着谈天或随意看报，便是休息；觉得两者并无很大的不同，而且往往以此自负。现在才知道是不对的，所以并无大不同者，乃是因为并未疲劳，也就是并未出力工作的缘故。

我有一个亲戚的孩子，高中毕了业，却只好到袜厂里去做学徒，心情已经很不快活的了，而工作又很繁重，几乎一年到头，并无休息。他是好高的，不肯偷懒，支持了一年多。有一天，忽然坐倒了，对他的哥哥道："我一点力气也没有了。"

他从此就站不起来，送回家里，躺着，不想饮食，不想动弹，不想言语，请了耶稣教堂的医生来看，说是全体什么病也没有，然而全体都疲乏了。也没有什么法子治。自然，连接而来的是静静的死。我也曾经有过两天这样的情形，但原因不同，他是做乏，我是病乏的。我的确什么欲望也没有，似乎一切都和我不相干，所有举动都是多事，我没有想到死，但也没有觉得生；这就是所谓"无欲望状态"，是死亡的第一步。曾有爱我者因此暗中下泪；然而我有转机了，我要喝一点汤水，我有时也看看四近的东西，如墙壁，苍蝇之类，此后才能觉得疲劳，才需要休息。

象心纵意的躺倒，四脚一伸，大声打一个呵欠，又将全体放在适宜的位置上，然后弛懈了一切用力之点，这真是一种大享乐。在我是从来未曾享受过的。我想，强壮的，或者有福的人，恐怕也未曾享受过。

记得前年，也在病后，做了一篇《病后杂谈》，共五节，投给《文学》，但后四节无法发表，印出来只剩了头一节了。虽然文章前面明明有一个"一"字，此后突然而止，并无"二""三"，仔细一想是就会觉得古怪的，但这不能要求于每一位读者，甚而至于不能希望于批评家，于是有人据这一节，下我断语道："鲁迅是赞成生病的。"现在也许暂免这种灾难了，但我还不如先在这里声明一下："我的话到这里还没有完。"

有了转机之后四五天的夜里，我醒来了，喊醒了广平。

"给我喝一点水。并且去开开电灯，给我看来看去的看一下。"

"为什么？……"她的声音有些惊慌，大约是以为我在讲昏话。

"因为我要过活。你懂得么？这也是生活呀。我要看来看去的看一下。"

"哦……"她走起来，给我喝了几口茶，徘徊了一下，又轻轻的躺下了，不去开电灯。

我知道她没有懂得我的话。

街灯的光穿窗而入，屋子里显出微明，我大略一看，熟识的墙壁，壁端的棱线，熟识的书堆，堆边的未订的画集，外面的进行着的夜，无穷的远方，无数的人们，都和我有关。我存在着，我在生活，我将生活下去，我开始觉得自己更切实了，我有动作的欲望——但不久我又坠入了睡眠。

第二天早晨在日光中一看，果然，熟识的墙壁，熟识的书堆……这些，在平时，我也时常看它们的，其实是算作一种休息。但我们一向轻视这等事，纵使也是生活中的一片，却排在喝茶搔痒之下，或者简直不算一回事。我们所注意的是特别的精华，毫不在枝叶。给名人作传的人，也大抵一味铺张其特点，李白怎样做诗，怎样耍颠，拿破仑怎样打仗，怎样不睡觉，却不说他们怎样不耍颠，要睡觉。其实，一生中专门耍颠或不睡觉，是一定活不下去的，人之有时能耍颠和不睡觉，就因为倒是有时不耍颠和也睡觉的缘故。然而人们以为这些平凡的都是生活的渣滓，一看也不看。

于是所见的人或事，就如盲人摸象，摸着了脚，即以为象的样子像柱子。中国古人，常欲得其"全"，就是制妇女用的"乌鸡白凤丸"，也将全鸡连毛血都收在丸药里，方法固然可笑，主意却是不错的。

删夷枝叶的人，决定得不到花果。

为了不给我开电灯，我对于广平很不满，见人即加以攻击；到得自己能走动了，就去一翻她所看的刊物，果然，在我卧病期中，全是精华的刊物已经出得不少了，有些东西，后面虽然仍旧是"美容妙法""古木发光"，或者"尼姑之秘密"，但第一面却总有一点激昂慷慨的文章。作文已经有了"最中心之主题";连义和拳时代和德国统帅瓦德西睡了一些时候的赛金花,也早已封为九天护国娘娘了。

尤可惊服的是先前用《御香缥缈录》,把清朝的宫廷讲得津津有味的《申报》上的《春秋》,也已经时而大有不同,有一天竟在卷端的《点滴》里,教人当吃西瓜时,也该想到我们土地的被割碎,像这西瓜一样。自然,这是无时无地无事而不爱国,无可訾议的。但倘使我一面这样想,一面吃西瓜,我恐怕一定咽不下去,即使用劲咽下,也难免不能消化,在肚子里咕咚的响它好半天。这也未必是因为我病后神经衰弱的缘故。我想,倘若用西瓜作比,讲过国耻讲义,却立刻又会高高兴兴的把东西吃下,成为血肉的营养的人,这人恐怕是有些麻木。对他无论讲什么讲义,都是毫无功效的。

我没有当过义勇军,说不确切。但自己问:战士如吃西瓜,是否大抵有一面吃,一面想的仪式的呢?我想:未必有的。他大概只觉得口渴,要吃,味道好,却并不想到此外任何好听的大道理。吃过西瓜,精神一振,战斗起来就和喉干舌敝时候不同,所以吃西瓜和抗敌的确有关系,但和应该怎样想的上海设定的战略,却是不相干。这样整天哭丧着脸去吃喝,不多久,胃口就倒了,还抗什么敌。

然而人往往喜欢说得稀奇古怪,连一个西瓜也不肯主张平平常常的吃下去。其实,战士的日常生活,是并不全部可歌可泣的,然而又无不和可歌可泣之部相关联,这才是实际上的战士。

八月二十三日

中年

周作人

　　虽然四川开县有二百五十岁的胡老人，普通还只是说人生百年。其实这也还是最大的整数，若是人民平均有四五十岁的寿，那已经可以登入祥瑞志，说什么寿星见了。我们乡间称三十六岁为本寿，这时候死了，虽不能说寿考，也就不是夭折。这种说法我觉得颇有意思。日本兼好法师曾说："即使长命，在四十以内死了最为得体。"虽然未免性急一点，却也有几分道理。

　　孔子曰："四十而不惑。"吾友某君则云，人到了四十岁便可以枪毙。两样相反的话，实在原是盾的两面。合而言之，若曰，四十可以不惑，但也可以不不惑，那么，那时就是枪毙了也不足惜云尔。平常中年以后的人大抵胡涂荒谬的多，正如兼好法师所说，过了这个年纪，便将忘记自己的老丑。想在人群中胡混，执著人生，私欲益深，人情物理都不复了解，"至可叹息"是也。不过因为怕献老丑，便想得体地死掉，那也似乎可以不必。为什么呢？假如能够知道这些事情，就很有不惑的希望，让他多活几年也不碍事。所以在原则上我虽赞成兼好法师的话，但觉得实际上还可稍加斟酌，这倒未必全是为自己道地，想大家都可见谅的罢。

我决不敢相信自己是不惑，虽然岁月是过了不惑之年好久了，但是我总想努力不至于不不惑，不要人情物理都不了解。本来人生是一贯的，其中却分几个段落，如童年、少年、中年、老年，各有意义，都不容空过。譬如少年时代是浪漫的，中年是理智的时代，到了老年差不多可以说是待死堂的生活罢。然而中国凡事是颠倒错乱的，往往少年老成，摆出道学家超人志士的模样，中年以来重新来秋冬行春令，大讲其恋爱等等，这样地跟着青年跑，或者可以免于落伍之讥，实在犹如将昼作夜，"拽直照原"：只落得不见日光而见月亮，未始没有好些危险。我想最好还是顺其自然，六十过后虽不必急做寿衣，唯一只脚确已踏在坟里，亦无庸再去讲斯坦那赫博士结扎生殖腺了，至于恋爱则在中年以前应该毕业，以后便可应用经验与理性去观察人情与物理，即使在市街战斗或示威运动的队伍里少了一个人，实在也有益无损，因为后起的青年自然会去补充（这是说假如少年不是都老成化了，不在那里做各种八股，）而别一队伍里也就多了一个人，有如退伍兵去研究动物学，反正于参谋本部的作战计划并无什么妨害的。

话虽如此，在这个当儿要使它不发生乱调，实在是不大容易的事。世间称四十左右曰危险时期，对于名利，特别是色，时常露出好些丑态，这是人类的弱点，原也有可以容忍的地方。但是可容忍与可佩服是绝不相同的事情，尤其是无惭愧地，得意似地那样做，还仿佛是我们的模范似地那样做，那么容忍也还是我们从数十年的世故中来最大的应许，若鼓吹护持似乎可以无须了罢。我们少年时浪漫地崇拜好许多英雄，到了中年再一回顾，那些旧日的英雄，无论是道学家或超人志士，此时也都是老年中年了，差不多尽数地不是显出泥脸便即露出羊脚，给我们一个不客气的幻灭。这有什么办法呢？自然太太的计划谁也难违拗它。风水与流年也好，遗传与环境也好，总之是说明这个的可怕。这样说来，得体地活着这件事或者比得体地死要难得多，假如我们过了四十却还能平凡地生活，虽不见得怎么得体，也不至于怎样出丑，这实在要算是侥天之幸，不能不知所感谢了。

人是动物，这一句老实话，自人类发生以至地球毁灭，永久是实实在在的，但在我们人类则须经过相当年龄才能明白承认。所谓动物，可以含有科学家一视同仁的"生物"与儒教徒骂人的"禽兽"这两种意思，所以对于这一句话人们也可以有两样态度。其一，以为既同禽兽，便异圣贤，因感不满，以至悲观。其二，呼铲曰铲，本无不当，听之可也。我可以说就是这样地想，但是附加一点，有时要去纵核名实言行，加以批评。本来棘皮动物不会肤如凝脂，怒毛上指栋的猫不打着呼噜，原是一定的理，毋庸怎么考核，无如人这动物是会说话的，可以自称什么家或主唱某主义等，这都是别的众生所没有的。我们如有闲一点儿，免不得要注意及此。譬如普通男女私情我们可以不管，但如见一个社会栋梁高谈女权或社会改革，却照例纳妾等等，那有如无产首领浸在高贵的温泉里命令大众冲锋，未免可笑，觉得这动物有点变质了。我想文明社会上道德的管束应该很宽，但应该要求诚实，言行不一致是一种大欺诈，大家应该留心不要上当。我想，我们与其伪善还不如真恶，真恶还是要负责任，冒危险。

我这些意思恐怕都很有老朽的气味，这也是没有法的事情。年纪一年年的增多，有如走路一站站的过去，所见既多，对于从前的意见自然多少要加以修改。这是得呢失呢，我不能说。不过，走着路专为贪看人物风景，不复去访求奇遇，所以或者比较地看得平静仔细一点也未可知。然而这又怎么能够自信呢？

一九二〇年三月

新生活

胡 适

哪样的生活可以叫做新生活呢？

我想来想去，只有一句话。新生活就是有意思的生活。

你听了，必定要问我，有意思的生活又是什么样子的生活呢？我且先说一两件实在的事情做个样子，你就明白我的意思了。

前天你没有事做，闲的不耐烦了，你跑到街上一个小酒店里，打了四两白干，喝完了，又要四两，再添上四两。喝的大醉了，同张大哥吵了一回嘴，几乎打起架来。后来李四哥来把你拉开，你气忿忿的又要了四两白干，喝的人事不知，幸亏李四哥把你扶回去睡了。昨儿早上，你酒醒了，大嫂子把前天的事告诉你，你懊悔得很，自己埋怨自己："昨儿为什么要喝那么多酒呢？可不是糊涂吗？"

你赶上张大哥家去，作了许多揖，赔了许多不是，自己怪自己糊涂，请张大哥大量包涵。正说时，李四哥也来了，王三哥也来了。他们三缺一，要你陪他们打牌。你坐下来，打了十二圈，输了一百多吊钱。你回得家来，大嫂子怪你不该赌博，你又懊悔得很，自己怪自己道：

"是呵，我为什么要陪他们打牌呢？可不是糊涂吗？"

诸位，像这样子的生活，叫做糊涂生活，糊涂生活便是没有意思的生活。你做完了这种生活，回头一想，"我为什么要这样干呢？"你自己也回答不出究竟为什么。

诸位，凡是自己说不出"为什么这样做"的事，都是没有意思的生活。

反过来说，凡是自己说得出"为什么这样做"的事，都可以说是有意思的生活。

生活的"为什么"，就是生活的意思。

人同畜生的分别，就在这个"为什么"上。你到万牲园里去看那白熊一天到晚摆来摆去不肯歇，那就是没有意思的生活。我们做了人，应该不要学那些畜生的生活。畜生的生活只是胡混，只是不晓得自己为什么如此做。一个人做的事应该件件事回答得出一个"为什么"。

我为什么要干这个？为什么不干那个？回答得出，方才可算是一个人的生活。

我们希望中国人都能做这种有意思的新生活。其实这种新生活并不十分难，只消时时刻刻问自己为什么这样做，为什么不那样做，就可以渐渐的做到我们所说的新生活了。

诸位，千万不要说"为什么"这三个字是很容易的小事。你打今天起，每做一件事，便问一个为什么——为什么不把辫子剪了？为什么不把大姑娘的小脚放了？为什么大嫂子脸上搽那么多的脂粉？为什么出棺材要用那么多叫化子？为什么娶媳妇也要用那么多叫化子？为什么骂人要骂他的爹妈？为什么这个？为什么那个？——你试办一两天，你就会觉得这三个字的趣味真是无穷无尽，这三个字的功用也无穷无尽。

诸位，我们恭恭敬敬的请你们来试试这种新生活。

一九一九年八月

欧洲人的生命力

郁达夫

　　最近，路透社曾有一通电，转述伦敦《每日邮报》记载的新闻一则，说：弗兰克·史威顿咸爵士，在伦敦卡斯顿汤与爱尔兰卫军军官未亡人尼尔古特里夫人结婚。史威顿咸爵士，本年八十余岁，作为新娘的那位军官未亡人，当然总也已有五十岁以上了无疑。以这一件喜事作标准，欧洲人的生命力的旺盛，实在足以令人羡慕。

　　我们东方人，尤其是居住在热带的东方人，像这种高年矍铄的人瑞，该是不见得多吧？当然，在欧洲，这也已经是并非寻常的事情了。

　　做一分事业，要一分精力。耆年硕德的老前辈，还有这一种精力，就是这种族，这国家的庆幸。

　　我们中国人的未老先衰，实在是一种很坏的现象。当此民族复兴，以抗战来奠建国始基的今日，这改良人种，增加种族生命力的问题，应该是大家来留心研究，锐意促进的。

　　至于令人想到这问题的重要的史威顿咸爵士本人，与马来亚当然更有一段密切的关系，因为他是四十余年前的马来亚护政司，后来也是海峡殖民地的总督。

他对于马来人及马来文的了解，实在是深沉得无以复加，这从他的种种著作中，就可以看得出来；他非但是一位政治家，并且也是一位文学家。

在一八九五年出版的他的《马来亚速写》，及一八九八年出版的《不书受信人名字》的书函集，实在也是很有价值的作品。

当时他所驻扎过的霹雳，是马来话最纯粹，马来气质最浓厚的地方；所以，他在《马来亚速写》的头上说："对于马来人的内心生活，恐怕是他人再没有比我更了解的"，这话当然并不是他的自夸自奖。

他的对马来人的尊敬，对马来人的了解，尤其在他的《不书受信人名字》的书函集的第三篇《东方和西方》一信里，写得更加彻底。

他于某一夜的席上，对坐在他边上的一位女太太说："西方白种人，没有到过马来亚的，老怀有这一种偏见，以为马来人是黑人，并且又不是基督教徒，所以是野蛮人。可是照马来人看来，我们白种文明国的女人穿的这一种美国化的装束，才是野蛮呢！"

他绝对否认马来民族是野蛮的，因此他就提到一位马来苏丹写给他的最富于友谊和诗意的信；接着，他又介绍了四首马来的情歌。现在我且把这四首情歌译出来，做一个结尾，用以证明这一位史威顿咸爵士的老兴的淋漓。

豆苗沿上屋檐前，

木槿红花色味偏。（无香也）

人人只见火烧屋，
不见侬心焚有烟。

请郎且看扑灯蛾，
飞向头家屋后过。
自从天地分时起，
命定鸳鸯可奈何。

此是月中廿一夜，
妇为生儿先物化。
我侬是汝手中禽，
却似黄莺依膝下。

倘汝远经河上头，
村村寻我莫夷犹。
倘汝竟先侬物化，
天门且为我迟留。（等我同死之意）

"迎上前去"

徐志摩

这回我不撒谎，不打隐谜，不唱反调，不来烘托；我要说几句至少我自己信得过的话，我要痛快的招认我自己的虚实，我愿意把我的花押画在这张供状的末尾。

我要求你们大量的容许，准我在我第一天接手《晨报副刊》的时候，介绍我自己，解释我自己，鼓励我自己。

我相信真的理想主义者是受得住眼看他往常保持着的理想煨成灰，碎成断片，烂成泥，在这灰、这断片、这泥的底里，他再来发现他更伟大、更光明的理想。我就是这样的一个。

只有信生病是荣耀的人们才来不知耻的高声嚷痛；这时候他听着有脚步声，他以为有帮助他的人向着他来，谁知是他自己的灵性离了他去！真有志气的病人，在不能自己豁脱苦痛的时候，宁可死休，不来忍受医药与慈善的侮辱。我又是这样的一个。

我们在这生命里到处碰头失望，连续遭逢"幻灭"，头顶只见乌云，地下满是黑影；同时我们的年岁、病痛、工作、习惯，恶狠狠的压上我们的肩背，一天重似一天，在无形中嘲讽的呼喝着，"倒，倒，你这不量力的蠢材！"因此你看这满路的倒，有全死的，有半死的，有爬着挣扎的，有默无声息的……嘿！生命这十字架，有几个人抗得起来？

但生命还不是顶重的担负，比生命更重实更压得死人的是思想那十字架。人类心灵的历史里能有几个天成的孟贲乌育①？在思想可怕的战场上我们就只有数得清有限的几具光荣的尸体。

我不敢非分的自夸；我不够狂，不够妄。我认识我自己力量的止境，但我却不能制止我看了这时候国内思想界萎瘫现象的愤懑与羞恶。我要一把抓住这时代的脑袋，问它要一点真思想的精神给我看看——不是借来的税来的冒来的描来的东西，不是纸糊的老虎，摇头的傀儡，蜘蛛网幕面的偶像；我要的是筋骨里迸出来，血液里激出来，性灵里跳出来，生命里震荡出来的真纯的思想。我不来问他要，是我的懦怯；他拿不出来给我看，是他的耻辱。朋友，我要你选定一边，假如你不能站在我的对面，拿出我要的东西来给我看，你就得站在我这一边，帮着我对这时代挑战。

我预料有人笑骂我的大话。是的，大话。我正嫌这年头的话太小了，我们得造一个比小更小的字来形容这年头听着的说话，写下印成的文字；我们得请一个想象力细致如史魏夫脱②（Dean Swift）的来描写那些说小话的小口，说尖话的尖嘴。一大群的食蚁兽！他们最大的快乐是忙着他们的尖喙在泥土里垦寻细微的蚂蚁。蚂蚁是吃不完的，同时这可

---

① 即墨尔波墨涅，希腊神话中专司悲剧的文艺女神。
② 即斯威夫特，英国作家，代表作《格列佛游记》。

笑的尖嘴却益发不住的向尖的方向进化，小心再隔几代连蚂蚁这食料都显太大了！

我不来谈学问，我不配，我书本的知识是真的十二分的有限。年轻的时候我念过几本极普通的中国书，这几年不但没有知新，温故都说不上，我实在是孤陋，但我却抱定孔子的一句话"知之为知之，不知为不知，是知也"，决不来强不知为知；我并不看不起国学与研究国学的学者，我十二分尊敬他们，只是这部分的工作我只能艳羡的看他们去做，我自己恐怕不但今天，竟许这辈子都没希望参加的了。外国书呢？看过的书虽则有几本，但是真说得上"我看过的"能有多少，说多一点，三两篇戏，十来首诗五六篇文章，不过这样罢了。

科学我是不懂的，我不曾受过正式的训练，最简单的物理化学，都说不明白，我要是不预备就去考中学校，十分里有九分是落第，你信不信！天上我只认识几颗大星，地上几棵大树！这也不是先生教我的；从先生那里学来的，十几年学校教育给我的，究竟有些什么，我实在想不起，说不上，我记得的只是几个教授可笑的嘴脸与课堂里强烈的催眠的空气。

我人事的经验与知识也是同样的有限，我不曾做过工；我不曾尝味过生活的艰难，我不曾打过仗，不曾坐过监，不曾进过什么秘密党，不曾杀过人，不曾做过买卖，发过一个大的财。

所以你看，我只是个极平常的人，没有出人头地的学问，更没有非常的经验。但同时我自信我也有我与人不同的地方。我不曾投降这世界。这不受它的拘束。

我是一只没笼头的野马，我从来不曾站定过。我人是在这社会里活着，我却不是这社会里的一个，像是有离魂病似的，我这躯壳的动静是一件事，我那梦魂的去处又是一件事。我是一个傻子，我曾经妄想在这流动的生里发现一些不变的价值，在这打谎的世上寻出一些不磨灭的真，在我这灵魂的冒险是生命核心里的意义；我永远在无形的经验的巉岩上爬着。

冒险——痛苦——失败——失望，是跟着来的，存心冒险的人就得打算他最后的失望；但失望却不是绝望，这分别很大。我是曾经遭受失望的打击，我的头是流着血，但我的脖子还是硬的；我不能让绝望的重量压住我的呼吸，不能让悲观的慢性病侵蚀我的精神，更不能让厌世的恶质染黑我的血液。厌世观与生命是不可并存的；我是一个生命的信徒，起初是的，今天还是的，将来我敢说也是的。我决不容忍性灵的颓唐，那是最不可救药的堕落，同时却继续躯壳的存在；在我，单这开口说话，提笔写字的事实，就表示后背有一个基本的信仰，完全的没破绽的信仰；否则我何必再做什么文章，办什么报刊？

但这并不是说我不感受人生遭遇的痛创；我决不是那童呆性的乐观主义者；我决不来指着黑影说这是阳光，指着云雾说这是青天，指着分明的恶说这是善；我并不否认黑影、云雾和恶，我只是不怀疑阳光与青天与善的实在；暂时的掩蔽与侵蚀，不能使我们绝望，这正应得加倍的激动我们寻求光明的决心。前几天我觉着异常懊丧的时候无意中翻着尼采的一句话，极简单的几个字却涵有无穷的意义与强悍的力量，正如天上星斗的纵横与山川的经纬，在无声中暗示你人生的奥义，祛除你的迷惘，照亮你的思路，他说"受苦的人没有悲观的权利"（The sufferer has no right to pessimism），我那时感受一种异样的惊心，一种异样的澈悟——

> 我不辞痛苦，因为我要认识你，上帝；
> 我甘心，甘心在火焰里存身，
> 到最后那时辰见我的真，
> 见我的真，我定了主意，上帝，再不迟疑！

所以我这次从南边回来，决意改变我对人生的态度，我写信给朋友说这来要认真做一点"人的事业"了——

> 我再不想成仙，蓬莱不是我的份；
> 我只要这地面，情愿安分的做人。

在我这"决心做人，决心做一点认真的事业"，是一个思想的大转变；因为先前我对这人生只是不调和不承认的态度，因此我与这现世界并没有什么相互的关系，我是我，它是它，它不能责备我，我也不来批评它。但这来我决心做人的宣言却就把我放进了一个有关系，负责任的地位，我再不能张着眼睛做梦，从今起得把现实当现实看：我要来察看，我要来检查，我要来清除，我要来颠扑，我要来挑战，我要来破坏。

人生到底是什么？我得先对我自己给一个相当的答案。人生究竟是什么？为什么这形形色色的，纷扰不清的现象——宗教、政治、社会、道德、艺术、男女、经济？我来是来了，可还是一肚子的不明白，我得慢慢的看古玩似的，一件件拿在手里看一个清切再来说话，我不敢保证我的话一定在行，我敢担保的只是我自己思想的忠实，我前面说过我的学识是极浅陋的，但我却并不因此自馁，有时学问是一种束缚，知识是一层障碍，我只要能信得过我能看的眼，能感受的心，我就有我的话说；至于我说的话有没有人听，有没有人懂，那是另外一件事我管不着了——"有的人身死了才出世的"，谁知道一个人有没有真的出世那一天？

是的，我从今起要迎上前去！生命第一个消息是活动，第二个消息是搏斗，第三个消息是决定；思想也的，活动的下文就是搏斗。搏斗就包含一个搏斗的对象，许是人，许是问题，许是现象，许是思想本体。一个武士最大的期望是寻着一个相当的敌手，思想家也是的，他也要一个可以较量他充分的力量的对象，"攻击是我的本性，"一个哲学家说，"要与你的对手相当——这是一个正直的决斗的第一个条件。你心存鄙夷的时候你不能搏斗。你占上风，你认定对手无能的时候你不应当搏斗。我的战略可以约成四个原则：第一，我专打正占胜利的对象——在必要时我暂缓我的攻击，等他胜利了再开手；第二，我专打没有人打的对象，我这边不会有助手，我单独的站定一边——在这搏斗中我难为的只是我自己；第三，我永远不来对人的攻击——在必要时我只拿一个人格当显微镜用，借它来显出某种普遍的，但却隐遁不易踪迹的恶性；

第四，我攻击某事物的动机，不包含私人嫌隙的关系，在我攻击是一个善意的，而且在某种情况下，感恩的凭证。"

这位哲学家的战略，我现在僭引作我自己的战略，我盼望我将来不至于在搏斗的沉酣中忽略了预定的规律，万一疏忽时我恳求你们随时提醒。我现在戴我的手套去！

生命的意义

罗家伦

　　我们人类的生命很多，宇宙间万物的生命更多。生之现象，非常普遍。但是我们为什么生在世上？这个问题，数千年来经过多少哲学家、科学家的研讨和追求。如果做了人而对于人生的意义不明了，浑浑噩噩，糊涂一世，那他真是白活了。因为对于本身的生命还不明白，我们的行为，就没有标准；我们的态度，也无从确定。有许多人觉得生活很是痛苦，恨不得立刻把自己的生命毁灭掉。他觉得活在世上，乃是尝着无穷尽的痛苦；在生命的背后，似乎有一种黑暗的魔力，时刻逼着他向苦难的路上推动，使他欲生不能，欲死不得；因此他常想设法解除这生命的痛苦。佛教所谓"涅"，也就是谋求解除生命痛苦的一个方法。不过是否真能解除，乃是另一问题。又有些人认为生命是快乐的，以为世界上一切事物，宇宙间一切创作，都是供我们享受的，遂成为一种绝对的享乐主义。其他对于生命所抱的态度很多，要皆各有其见解。我们若是不知道生命真正的意义，就会彷徨歧路，感觉生命的空虚，于是一切行动，茫无所措。所以我们对于这个问题，至少应该有一种初步的，也就是基本的反省。

第一，在无数生命中，人的生命何以有特别意义？

如果就"生命"二字来讲，他的意义非常广泛。谈到宇宙的生命，其含义更深。这个纯粹的哲学问题，此处暂且不讲。生命既然很多，人类的生命，不过为宇宙无穷生命之一部分。庄子说："朝菌不知晦朔，蟪蛄不知春秋"，朝菌蟪蛄，何尝没有生命？大之如"天山龙"，固曾有其生命，小之如微生物，也有生命。但是在这无量数的生命中，为什么人的生命，才有特殊的意义？为什么人的生命，才有特殊的价值？为什么只有人才对他的生命发生意义和价值的问题？

第二，生命是变动的，物我之间，究竟有什么关系？

生命是变动的。我们身上的细胞，每天有多少新的生出来，多少陈旧的逐渐死去。这种新陈代谢的变动，可说无一刻停止。一方我们采取动植矿物的滋养成分为食料，以增加我们的新细胞，维持我们的生长；但一旦人死了，身体的有机组织，又渐腐败分离，为其他动植矿物所吸收。生命之循环，变化无已。我们若分析人类的生命，与其他动植物的生命，可以发生许多哲学上的推论。如近代柏格森、杜里舒等哲学系统，都是由此而来的。即梁启超的今日之我非昨日之我，故不惜今日之我与昨日之我宣战的一段话，也是由于观察生命不断变动的现象而来的，不过他得到的是不正确的推论罢了。可见我们总是想到在生命不断的变动当中，物我之间究竟有什么关系这个问题。

第三，生命随着时间容易过去。

生命随着真实的空时不断地过去。人生上寿，不过百年，转瞬消逝，于是便有"生为尧舜死亦枯骨，生为桀纣死亦枯骨"之感。在悠悠无穷的时间中，人的一生不过一刹那。印度人认为宇宙曾经多少劫；每劫若干亿万年。人的生命，在这无数劫中，还不是一刹那吗？若仅就生命现在的一刹那看来，时光实在过于短促；生命的价值，如果仅以一刹那之长短来估定，那么人生实在没有多大意义。尧舜苦心经营创制，不过是一刹那的过去；桀纣醉生梦死，作恶殃民，也不过是一刹那的过去。若是把他们的生命价值认为相等，岂非笑话！故以生命之久暂来估定他的意义与价值，当然是不妥。一个人只要有高尚的思想，伟大的人格，虽不生为百岁老人，亦有何伤？否则上寿百岁与三十四十岁而死者，从无穷尽的时间过程看来，都不过是一刹那。欲从这时间久暂上来求得生命的意义，真是微乎其微。故生命的意义，当然别有所在。

这就是我们对于生命初步的反省。我们从此得到了三个认识，就是：生命是无数的，生命是变动的，生命是容易过去的。

人生的意义在于能认识和创造生命的价值。宇宙间的生命，既是如此的多，何以只是人类的生命，才有特别的意义？想解答这个问题，是属于价值哲学的研究。人的生命之所以有意义，乃是因为人能认识和创造人生的价值。因为人类能够反省，所以他能对于宇宙整个的系统，求得认识；更能从宇宙的整个系统之中，认识其本身价值之所在。人类的生命，虽然限制在一定的空时系统之中，但是他能够扩大经验的范围，不受环境的束缚；能够离开现实的环境而创造理想的意境。其他动物则不能如此。例如蛙在井中，则以井为其唯一的天地；离开了井，他便一无认识。人类则不然，其意境所托，可以另辟天地。只有人才能把世上的事事物物，分析观察，整理成一个系统，探讨彼此间的关系，以求得存在于这个系统内的原理，并且能综合各种原理，以推寻生命的究竟。说到人类能创造价值一层，对于生命的意义，尤关重要。一方面他固须接受前人对于人生已定了的价值表，一方面更须自己重新定出价值表来，不断地根据这种新的启示，鼓励自己和领导大家从事于创造事业和完成使命。如此，不但个人的生命，不致等闲消失，并且把整个人类生命的意义提高。古圣先哲，终生的努力，就在于此。这是旁的生命所不能做，而为人类生命所能独到的。所以说宇宙间的生命虽是无量数，惟有人类的生命才有特殊的意义。

人格的统一性与一贯性。生命不断地变，但必须求得当中不变的真理。我们人类虽每天吸收动植矿物的滋养成分，以促进身体上新陈代谢的变化，但是生命当中所包含的真理，决不因生理上的变化而稍移易。这种生命的一贯性和统一性，就是人格。人因为有人格，所以不致因为今日食猪肉，就发猪脾气；明天食牛肉，就发牛脾气。只是以一切的物质，为我们生命的燃料罢了！至于"今日之我与昨日之我宣战"的见解，正是因为缺乏了整个的人格观念，所以陷入于可笑的矛盾。世界上人与人相处，彼此之间全赖有人格的认识。大家所共认为是善人的，应该今日如此，明日也必定如此；今年如此，明年也必定如此。若是人类无此维系，便无人类的社会可言。所谓人格，就是一贯的自我。他应当是根据我们对于宇宙系统的研究与反省所得到的精确认识，而向着完满的意境前进，向着真善美的世界发展的。他须努力使生命格外美满和谐，使个人的生命与整个宇宙的生命相协调。他更须佐以渊博的知识，培以丰富纯正的感情，从事于促成生命系统的完善。这种好的人格才真是一贯的；因为是一贯的，所以是经得起困苦艰难，决不会随着变幻的外界现象而转移的。有了这种人格，然后在整个宇宙的生命系统当中，人的生命才可立定一个适当的地位。倘若今日如此，明日如彼；苟且偷安，随波逐流，便认为是自我的满足；那不但是无修养，而且是无人格。人与其他生物的分际，就在人格上。人虽吸收了若干外来的食物成分，变其血轮，变其细胞，变其生理上的一切，但他的人格，理想上的人格，永久不变，这就是人格的统一性与一贯性。可见生命虽不断地变，尚有不变者在。这也是人类生命的特殊性。

要保持生力，从力行中以生命来换取伟大的事业，生命随着时间容易过去。《庄子》上所说的朝菌蟪蛄，固然生命很短；楚南冥灵，以五百岁为春，五百岁为秋，上古大椿，以八千岁为春，八千岁为秋，这种生命可以说是很长了，然而在整个时间系统之中，又何尝不是一刹那的过去？故生命的长短，不足以决定生命之价值。生命之价值，要看生命存在的意义如何，乃能决定。吾人之生，决定要有一种作为。生命虽易过去，但有一点不灭，那就是以生命所换来永不磨灭的事业。古往今来已死过了的生命不知有多少，若以四万万人每人能活到六十岁来计算，那么，每六十年要死去四万万，一百二十年就死去八万万，照此推算下去，有史以来，过去了的生命，不知若干万万。但是古往今来立德立功立言的人，名垂青史，虽在千百年以后，也还是为人所景仰崇拜；那些追随流俗，一事无成的人，他的姓名及身就不为人所知，到了后代，更如飘忽的云烟，一些痕迹也不曾留着。所以唯有事业，才是人生的成绩，人类的遗产。孔子虽死，他的伦理教训，仍然存在；秦始皇虽死，他为中国立下的大一统规模，依然存在；拿破仑已死，他的法典，仍然存在。生命虽暂，而以生命换来的事业，是不会磨灭的；其事业的精神，也永远会由后人继承了去发扬光大。诸葛亮在隆中，自比管乐；管乐生在数百年前，其遗留的事业精神，诸葛亮继承着去发扬光大。左宗棠平新疆，以"新亮"自居，也就是隐然以诸葛亮自承。所以生命之易消逝，不足为忧；所忧者当在这有限的生命，能否换来无限光荣的事业。若是苟且偷生，闲居待死，就是活到九十或百岁，仍与人类社会无关。生命千万不可浪费，浪费生命是最可惜的事。萧伯纳曾叹人生活到可以创造事业的年龄，即行死去，觉得太不经济。他想如果人能和基督教创世纪所载的玛士撒拉一样，活到九百六十九岁，则文明的进步岂不更有可观。但这是文学家的理想，是做不到的事。然而西洋人利用生命的时间，比中国人却经济多了。西洋人从四十岁到七十岁为从事贡献于政治、文艺、哲学、科学以及工商社会事业的有效时期，而中国人四十岁以后即呈衰老，到六十岁就打算就木。两相比较，中国人生命的短促和浪费，真可惊人！我们既然不能希望活到九百六十九岁的高龄，那我们就得把这七八十年的一段生命，好好利用。我们要有长命的企图，我们同时要有短命的打算。长命的企图是我们不要把生命消耗在无意义的方面。短命的打算是我们要活一天做两天的事，活一年做两年的事。不问何时死去，事业先已成就。我们生在世上一天，就得充分的保持和发挥自己的生力一天。无生力的生命，是不会成就事业的，无永久价值的事业的生命，是无声无息度过的。

所以人生在世，不要因生命之数量过多及其容易消逝而轻视生命，不要因生命之时常变动而随波逐流，终至侮辱生命。我们须得对人生的价值有认识，对人格能维持其一惯性；以鞠躬尽瘁，死而后已的精神，加紧的去把自己的生命，换成有永久价值的事业。这样，才不是偷生，才不是枉生！

途中

梁遇春

　　今天是个潇洒的秋天，飘着零雨，我坐在电车里，看到沿途店里的伙计们差不多都是懒洋洋地在那里谈天，看报，喝茶——喝茶的尤其多，因为今天实在有点冷起来了。还有些只是倚着柜头，望望天色。总之纷纷扰扰的十里洋场顿然现出闲暇悠然的气概，高楼大厦的商店好像都化做三间两舍的隐庐，里面那班平常替老板挣钱，向主顾陪笑的伙计们也居然感到了生活余裕的乐处，正在拉闲扯散地过日，仿佛全是古之隐君子了。路上的行人也只是稀稀的几个，连坐在电车里面上银行去办事的洋鬼子们也燃着烟斗，无聊赖地看报上的广告，平时的燥气全消，这大概是那件雨衣的效力罢！到了北站，换上去西乡的公共汽车，雨中的秋之田野是别有一种风味的。外面的濛濛细雨是看不见的，看得见的只是车窗上不断地来临的小雨点，同河面上错杂得可喜的纤纤雨脚。此外还有粉般的小雨点从破了的玻璃窗进来，栖止在我的脸上。我虽然有些寒战，但是受了雨水的洗礼，精神变成格外地清醒。已撄世网，醉生梦死久矣的我真不容易有这么清醒，这么气爽。再看外面的景色，既没有像春天那娇艳得使人们感到它的不能久留，也不像冬天那样树枯草死，好似世界是快毁灭了，却只是静默默地，一层轻轻的雨雾若隐若现地盖着，把大地美化了许多，我不禁微吟着乡前辈姜白石的诗句，真是"人生难得秋前雨"。忽然想到今天早上她皱着眉头说道："这样凄风苦雨的天气，你也得跑那么远的路程，这真可厌呀！"我暗暗地微笑。她那里晓得我正在凭窗赏玩沿途的风光呢？她或者以为我现在必定是哭丧着脸，像个到刑场的死囚，万不会想到我正流连着这叶尚未凋，草已添黄的秋景。同情是难得的，就是错误的同情也是无妨，所以我就让她老是这样可怜着我的仆仆风尘罢；并且有时我有什么逆意的事情，脸上露出不豫的颜色，可以借路中的辛苦来遮掩，免得她一再追究，最后说出真话，使她平添了无数的愁绪。

其实我是个最喜欢在十丈红尘里奔走道路的人。我现在每天在路上的时间差不多总在两点钟以上，这是已经有好几月了，我却一点也不生厌，天天走上电车，老是好像开始蜜月旅行一样。电车上和道路上的人们彼此多半是不相识的，所以大家都不大拿出假面孔来，比不得讲堂里，宴会上，衙门里的人们那样彼此拼命地一味敷衍。公园，影戏院，游戏场，馆子里面的来客个个都是眉花眼笑的，最少也装出那么样子，墓地，法庭，医院，药店的主顾全是眉头皱了几十纹的，这两下都未免太单调了，使我们感到人世的平庸无味，车子里面和路上的人们却具有万般色相，你坐在车里，只要你睁大眼睛不停地观察了卅分钟，你差不多可以在所见的人们脸上看出人世一切的苦乐感觉同人心的种种情调。你坐在位子上默默地鉴赏，同车的客人们老实地让你从他们的形色举止上去推测他们的生平同当下的心境，外面的行人一一现你眼前，你尽可恣意瞧着，他们并不会晓得，而且他们是这么不断地接连走过，你很可以拿他们来彼此比较，这种普通人的行列的确是比什么赛会都有趣得多，路上源源不绝的行人可说是上帝设计的赛会，当然胜过了我们佳节时红红绿绿的玩意儿了。并且在路途中我们的心境是最宜于静观的，最能吸收外界的刺激的。我们通常总是有事干，正经事也好，歪事也好，我们的注意免不了特别集中在一点上，只有路途中，尤其走熟了的长路，在未到目的地以前，我们的方寸是悠然的，不专注于一物，却是无所不留神的，在匆匆忙忙的一生里，我们此时才得好好地看一看人生的真况。所以无论从那一方面说起，途中是认识人生最方便的地方。车中，船上同人行道可说是人生博览会的三张入场券，可惜许多人把它们当做废纸，空走了一生的路。我们有一句古话："读万卷书，行万里路。"所谓行万里路自然是指走遍名山大川，通都大邑，但是我觉换一个解释也是可以。一条的路你来往走了几万遍，凑成了万里这个数目，只要你真用了你的眼睛，你就可以算是懂得人生的人了。俗语说道："秀才不出门，能知天下事"，我们不幸未得入泮，只好多走些路，来见见世面罢！对于人生有了清澈的观照，世上的荣辱祸福不足以扰乱内心的恬静，我们的心灵因此可以获到永久的自由，可见个个的路都是到自由的路，并不限于罗素先生所钦定的；所怕的就是面壁参禅，目不窥路的人们，他们自甘沦落，不肯上路，的确是无法可办。读书是间接地去了解人生，走路是直接地去了解人生，一落言诠，便非真谛，所以我觉得万卷书可以搁开不念，万里路非放步走去不可。

了解自然，便是非走路不可。但是我觉得有意的旅行倒不如通常的走路那样能与自然更见亲密。旅行的人们心中只惦着他的目的地，精神是紧张的。实在不宜于裕然地接受自然的美景。并且天下的风光是活的，并不拘拘于一谷一溪，一洞一岩，旅行的人们所看的却多半是这些名闻四海的死景，人人莫名其妙地照例赞美的胜地。旅行的人们也只得依样葫芦一番，做了万古不移的传统的奴隶。这又何苦呢？并且只有自己发现出的美景对着我们才会有贴心的亲切感觉，才会感动了整个心灵，而这些好景却大抵是得之偶然的，绝不能强求。所以有时因公外出，在火车中所瞥见的田舍风光会深印在我们的心坎里，而花了盘川，告了病假去赏玩的名胜倒只是如烟如雾地浮动在记忆的海里。今年的春天同秋天，我都去了一趟杭州，每天不是坐在划子里听着舟子的调度，就是跑山，恭敬地聆着车夫的命令，一本薄薄的指南隐隐地含有无上的威权，等到把所谓胜景一一领略过了，重上火车，我的心好似去了重担。当我再继续过着我通常的机械生活，天天自由地东瞧西看，再也不怕受了舟子，车夫，游侣的责备，再也没有什么应该非看不可的东西，我真快乐得几乎发狂。西泠的景色自然是渐渐消失得无影无迹，可惜消失得太慢，起先还做了我几个噩梦的背境。当我梦到无私的车夫，带我走着崎岖难行的宝石山或者光滑不能住足的往龙井的石路，不管我怎样求免，总是要迫我去看烟霞洞的烟霞同龙井的龙角。谢谢上帝，西湖已经不再浮现在我的梦中了。而我生平所最赏心的许多美景是从到西乡的公共汽车的玻璃窗得来的。我坐在车里，任它一上一下，一左一右地跳荡，看着老看不完的十八世纪长篇小说，有时闭着书随便望一望外面天气，忽然觉得青翠迎人，遍地散着香花，晴天现出不可描摹的蓝色。我顿然感到春天已到大地，这时我真是神魂飞在九霄云外了。再去细看一下，好景早已过去，剩下的是闸北污秽的街道，明天再走到原地，一切虽然仍旧，总觉得有所不足，与昨天是不同的，于是乎那天的景色永留在我的心里。甜蜜的东西看得太久了也会厌烦，真真的好景都该这样一瞬即逝，永不重来。婚姻制度的最大毛病也就是在于日夕聚首：将一切好处都因为太熟而化成坏处了。此外在热狂的夏天，风雪载途的冬季我也常常出乎意料地获到不可名言的妙境，滋润着我的心田。会心不远，真是陆放翁所谓的"何处楼台无月明"。自己培养有一个易感的心境，那么走路的确是了解自然的捷径。

"行"不单是可以使我们清澈地了解人生同自然，它自身又是带有诗意的，最浪漫不过的。雨雪霏霏，杨柳依依，这些境界只有行人才有福享受的。许多奇情逸事也都是靠着几个人的漫游而产生的。《西游记》，《镜花缘》，《老残游记》，Cervantes 的《吉诃德先生》（*Don Quixote*），Swift 的《海外轩渠录》（*Gulliver's Travels*），Bunyan 的《天路历程》（*Pilgrim's Progress*），Cowper 的《痴汉骑马歌》（*John Gilpin*），Dickens 的 *Pickwick Papers*，Byron 的 *Childe Harold's Pilgrimage*，Fielding 的 *Joseph Andrews*，Gogols 的 *Dead Souls* 等不可一世的杰作没有一个不是以"行"为骨子的，所说的全是途中的一切，我觉得文学的浪漫题材在爱情以外，就要数到"行"了。陆放翁是个豪爽不羁的诗人，而他最出色的杰作却是那些纪行的七言。我们随便抄下两首，来代我们说出"行"的浪漫性罢！

剑南道中遇微雨

衣上征尘杂酒痕，远游无处不销魂。

此身合是诗人未，细雨骑驴入剑门。

南定楼遇急雨

行遍梁州到益州，今年又作度泸游。

江山重复争供眼，风雨纵横乱入楼。

人语朱离逢峒獠，棹歌欸乃下吴舟。

天涯住稳归心懒，登览茫然却欲愁。

因为"行"是这么会勾起含有诗意的情绪的，所以我们从"行"可以得到极愉快的精神快乐，因此"行"是解闷销愁的最好法子，将濒自杀的失恋人常常能够从漫游得到安慰，我们有时心境染了凄迷的色调，散步一下，也可以解去不少的忧愁。Hawthorne 同 Edgar Allen Poe 最爱描状一个心里感到空虚的悲哀的人不停地在城里的各条街道上回复地走了又走，以冀对于心灵的饥饿能够暂时忘却，Dostoyevsky 的《罪与罚》里面的 Baskolnikov 犯了杀人罪之后，也是无目的到处乱走，仿佛走了一下，会减轻了他心中的重压。甚至于有些人对于"行"具有绝大的趣味，把别的趣味一齐压下了，Stevenson 的《流浪汉之歌》就表现出这样的一个人物，他在最后一段里说道："财富我不要，希望，爱情，知己的朋友，我也不要；我所要的只是上面的青天同脚下的道路。"

Wealth I ask not，hope nor love，

Nor a friend to know me；

All I ask，the heaven above

And the road below me.

Walt Whitman 也是一个歌颂行路的诗人，他的《大路之歌》真是"行"的绝妙赞美诗，我就引他开头的雄浑诗句来做这段的结束罢！

A foot and light—hearted I take to the open road，

Healthy，free，the world before me，

The long brown path before me leading wherever I choose.

我们从摇篮到坟墓也不过是一条道路，当我们正寝以前，我们可说是老在途中。途中自然有许多的苦辛，然而四围的风光和同路的旅人都是极有趣的，值得我们跋涉这程路来细细鉴赏。除开这条悠长的道路外，我们并没有别的目的地，走完了这段征程，我们也走出了这个世界，重回到起点的地方了。科学家说我们就归于毁灭了，再也不能重走

上这段路途，主张灵魂不灭的人们以为来日方长，这条路我们还能够一再重走了几千万遍。将来的事，谁去管它，也许这条路有一天也归于毁灭。我们还是今天有路今天走罢，最要紧的是不要闭着眼睛，朦朦一生，始终没有看到了世界。

十八年十一月五日

我在西湖出家的经过

李叔同

杭州这个地方实堪称为佛地，因为寺庙之多约有两千余所，可想见杭州佛法之盛了！

最近《越风》社要出关于《西湖》的增刊，由黄居士来函，要我做一篇《西湖与佛教之因缘》。我觉得这个题目的范围太广泛了，而且又无参考书在手，于短期间内是不能做成的，所以，现在就将我从前在西湖居住时值得追味的几件事情来说一说，也算是纪念我出家的经过。

一

我第一次到杭州是光绪二十八年（一九〇二）七月。在杭州住了约一个月光景，但是并没有到寺院里去过，只记得有一次到涌金门外去吃过一回茶，同时也就把西湖的风景稍微看了一下。

第二次到杭州是民国元年的七月。这回到杭州倒住得很久，一直住了近十年，可以说是很久的了。我的住处在钱塘门内，离西湖很近，只两里路光景。在钱塘门外，靠西湖边有一所小茶馆名景春园。我常常一个人出门，独自到景春园的楼上去吃茶。

民国初年，西湖的情形完全与现在两样——那时候还有城墙及很多柳树，都是很好看的。除了春秋两季的香会之外，西湖边的人总是很少；而钱塘门外更是冷静了。

在景春园楼下，有许多茶客都是那些摇船抬轿的劳动者居多，而在楼上吃茶的就只有我一个人了。所以，我常常一个人在上面吃茶，同时还凭栏看着西湖的风景。

在茶馆的附近，就是那有名的大寺院——昭庆寺了。我吃茶之后，也常常顺便到那里去看一看。

民国二年夏天，我曾在西湖的广化寺里住了好几天。但是住的地方却不在出家人的范围之内，是在该寺的旁边有一所叫做痘神祠的楼上。

痘神祠是广化寺专门为着要给那些在家的客人住的。我住在里面的时候，有时也曾到出家人所住的地方去看看，心里却感觉很有意思呢！

曾有一次，学校里有一位名人来演讲，我和夏丏尊居士却出门躲避，到湖心亭上去吃茶呢！当时夏丏尊对我说："像我们这种人，出家做和尚倒是很好的。"我听到这句话，就觉得很有意思。这可以说是我后来出家的一个远因了。

二

到了民国五年的夏天，因为看到日本杂志中有说及关于断食可以治疗各种疾病，当时我就起了一种好奇心，想来断食一下。因为我那时患有神经衰弱症，若实行断食，或者可以痊愈亦未可知。要行断食时，须于寒冷的季候方宜。所以，我便预定十一月来作断食的时间。

至于断食的地点须先考虑一下，似觉总要有个很幽静的地方才好。当时我就和西泠印社的叶品三君来商量，结果他说在西湖附近的虎跑寺可作为断食的地点。我就问他："既要到虎跑寺去，总要有人来介绍才对，究竟要请谁呢？"他说："有一位丁辅之是虎跑的大护法，可以请他去说一说。"于是他便写信请丁辅之代为介绍了。

因为从前的虎跑不像现在这样热闹，而是游客很少且十分冷静的地方，若用来作为我断食的地点，可以说是最相宜的了。

到了十一月，我还不曾亲自到过。于是我便托人到虎跑寺那边去走一趟，看看在哪一间房里住好。回来后，他说在方丈楼下的地方倒很幽静的。因为那边的房子很多，且平常时候都是关着，客人是不能走进去的；而在方丈楼上，则只有一位出家人住着，此外并没有什么人居住。

等到十一月底，我到了虎跑寺，就住在方丈楼下的那间屋子里。我住进去以后，常看见一位出家人在我的窗前经过（即是住在楼上的那一位）。我看到他却十分的欢喜呢！因此，就时常和他谈话；同时，他也拿佛经来给我看。

我以前从五岁时即时常和出家人见面，时常看见出家人到我的家里念经及拜忏。于十二三岁时，也曾学了放焰口。可是并没有和有道德的出家人住在一起，同时，也不知道寺院中的内容是怎样的以及出家人的生活又是如何。这回到虎跑去住，看到他们那种生活，却很欢喜而且羡慕起来了。

我虽然只住了半个多月，但心里却十分愉快，而且对于他们所吃的菜蔬更是欢喜吃。及回到学校以后，我就请用人依照他们那样的菜煮来吃。

这一次我到虎跑寺去断食，可以说是我出家的近因了。

三

到了民国六年的下半年，我就发心吃素了。

在冬天的时候，即请了许多的经，如《普贤行愿品》《楞严经》《大乘起信论》等很多的佛经。自己的房里也供起佛像来，如地藏菩萨、观世音菩萨等的像。于是亦天天烧香了。

到了这一年放年假的时候，我并没有回家去，而到虎跑寺里面去过年。我仍住在方丈楼下。那个时候，则更感觉得有兴味了，于是就发心出家。同时就想拜那位住在方丈楼上的出家人师父。他的名字是弘详师。可是他不肯我去拜他，而介绍我拜他的师父。他的师父是在松木场护国寺里居住。于是他就请他的师父回到虎跑寺来，而我也就于民国七年正月十五日受三皈依了。

我打算于此年的暑假入山，预先在寺里住了一年后再实行出家的。当这个时候，我就做了一件海青，及学习两堂功课。

二月初五日那天，是我母亲的忌日，于是我就先于两天前到虎跑去，诵了三天的《地藏经》，为我的母亲回向。

到了五月底，我就提前先考试。考试之后，即到虎跑寺入山了。到了寺中一日以后，即穿出家人的衣裳，而预备转年再剃度。

及至七月初，夏丏尊居士来。他看到我穿出家人的衣裳但还未出家，他就对我说："既住在寺里面，并且穿了出家人的衣裳，而不出家，那是没有什么意思的。所以还是赶紧剃度好！"

我本来是想转年再出家的，但是承他的劝，于是就赶紧出家了。七月十三日那一天，相传是大势至菩萨的圣诞，所以就在那天落发。

落发以后仍须受戒的，于是由林同庄介绍，到灵隐寺去受戒了。

灵隐寺是杭州规模最大的寺院，我一向是很欢喜的。我出家以后，曾到各处的大寺院看过，但是总没有像灵隐寺那么好！

八月底，我就到灵隐寺去，寺中的方丈和尚很客气，叫我住在客堂后面芸香阁的楼上。当时是由慧明法师做大师父的。有一天，我在客堂里遇到这位法师了。他看到我时就说："既系来受戒的，为什么不进戒堂呢？虽然你在家的时候是读书人，但是读书人就能这样地随便吗？就是在家时是一个皇帝，我也是一样看待的！"那时方丈和尚仍是要我住在客堂楼上，而于戒堂里有了紧要的佛事时方去参加一两回的。

那时候，我虽然不能和慧明法师时常见面，但是看到他那样的忠厚笃实，却是令我佩服不已的！

受戒以后，我就住在虎跑寺内。到了十二月，即搬到玉泉寺去住。此后即常常到别处去，没有久住在西湖了。

回想到我以前在西湖边上居住时，那种闲静幽雅的生活，真是如同隔世，现在只能托之于梦想了。

一九三六年春述于厦门南普陀寺

生活

叶圣陶

乡镇上有一种"来扇馆",就是茶馆,客人来了,才把炉子里的火扇旺,炖开了水冲茶,所以得了这个名称。每天上午九十点钟的时候,"来扇馆"却名不副实了,急急忙忙扇炉子还嫌来不及应付,哪里有客来才扇那么清闲?原来这个时候,镇上称为某爷某爷的先生们睡得酣足了,醒了,从床上爬起来,一手扣着衣扣,一手托着水烟袋,就光降到"来扇馆"里。泥土地上点缀着浓黄的痰,露筋的桌子上满缀着油腻和糕饼的细屑;苍蝇时飞时止,忽集忽散,像荒野里的乌鸦;狭条板凳有的断了腿,有的裂了缝;两扇木板窗外射进一些光亮来。某爷某爷坐满了一屋子,他们觉得舒适极了,一口沸烫的茶使他们神清气爽,几管浓辣的水烟使他们精神百倍。于是一切声音开始散布开来:有的讲昨天的赌局,打出了一张什么牌,就赢了两底;有的讲自己的食谱,西瓜鸡汤下面,茶腿丁煮粥,还讲怎么做鸡肉虾仁水饺;有的讲本镇新闻,哪家女儿同某某有私情,哪家老头儿娶了个十五岁的侍妾;有的讲些异闻奇事,说鬼怪之事不可不信,不可全信。有几位不开口的，他们在那里默听，微笑，吐痰，吸烟，支颐，遐想，指头轻敲桌子，默唱三眼一板的雅曲。迷蒙的烟气弥漫一室，一切形一切声都像在云里雾里。午饭时候到了，他们慢慢地踱回家去。吃罢了饭依旧聚集在"来扇馆"里，直到晚上为止，一切和午前一样。岂止和午前一样，和昨天和前月和去年和去年的去年全都一样。他们的生活就是这样了！

城市里有一种茶社，比起"来扇馆"就像大辂之于椎轮了。有五色玻璃的窗，有仿西式的红砖砌的墙柱，有红木的桌子，有藤制的几和椅子，有白铜的水烟袋，有洁白而且洒上花露水的热的公用手巾，有江西产的茶壶茶杯。到这里来的先生们当然是非常大方，非常安闲，宏亮的语音表示上流人的声调，顾盼无禁的姿态表示绅士式的举止。他们的谈话和"来扇馆"里大不相同了。他们称他人不称"某老"就称"某翁"；报上的记载是他们谈话的资料，或表示多识，说明某事的因由，或好为推断，预测某事的转变；一个人偶然谈起了某一件事，这就是无穷的言语之藤的萌芽，由甲而及乙，由乙而及丙，一直蔓延到癸，癸和甲是决不可能牵连在一席谈里的，然而竟牵连在一起了；看破世情的话常常可以在这里听到，他们说什么都没有意思都是假，某人干某事是"有所为而为"，某事的内幕是怎样怎样的；而赞誉某妓女称扬某厨司也占了谈话的一部分。他们或是三三两两同来，或是一个人独来；电灯亮了，坐客倦了，依旧三三两两同去，或是一个人独去。这都不足为奇。可怪的是明天来的还是这许多人；发出宏亮的语音，做出顾盼无禁的姿态还同昨天一样；称"某老""某翁"，议论报上的记载，引长谈话之藤，说什么都没有意思都是假，赞美食色之欲，也还是重演昨天的老把戏！岂止是昨天的，也就是前月，去年，去年的去年的老把戏。他们的生活就是这样了！

上海的马路上，来来往往的，谁能计算他们的数目。车马的喧闹，屋宇的高大，相形之下，显出人们的浑沌和微小。我们看蚂蚁纷纷往来，总不能相信它们是有思想的。马路上的行人和蚂蚁有什么分别呢？挺立的巡捕，挤满电车的乘客，忽然驰过的乘汽车者，急急忙忙横穿过马路的老人，徐步看玻璃窗内货品的游客，鲜衣自炫的妇女，谁不是一个蚂蚁？我们看蚂蚁个个一样，马路上的过客又哪里有各自的个性？我们倘若审视一会儿，且将不辨谁是巡捕，谁是乘客，谁是老人，谁是游客，谁是妇女，只见无数同样的没有思想的动物散布在一条大道上罢了。游戏场里的游客，谁不露一点笑容？露笑容的就是游客，正如黑而小的身体像蜂的就是蚂蚁。但是笑声里面，我们辨得出哀叹的气息；喜愉的脸庞，我们可以窥见寒噤的颦蹙。何以没有一天马路上会一个动物也没有？何以没有一天游戏场里会找不到一个笑容？他们的生活就是这样了。

我们丢开优裕阶级欺人阶级来看，有许许多多人从红绒绳编着小发辫的孩子时代直到皮色如酱须发如银的暮年，老是耕着一块地皮，眼见地利确是生生不息的，而自己只不过做了一柄锄头或者一张犁耙！雪样明耀的电灯光从高大的建筑里放射出来，机器的声响均匀而单调，许多撑着倦眼的人就在这里做那机器的帮手。那些是生产的利人的事业呀，但是……他们的生活就是这样了！

一切事情用时行的话说总希望它"经济"，用普通的话说起来就是"值得"。倘若有一个人用一把几十位的大算盘，将种种阶级的生活结一个总数出来，大家一定要大跳起来狂呼"不值得"。觉悟到"不值得"的时候就好了。

一九二一年

死

第二辑

死后

鲁 迅

我梦见自己死在道路上。

这是那里，我怎么到这里来，怎么死的，这些事我全不明白。总之，待到我自己知道已经死掉的时候，就已经死在那里了。

听到几声喜鹊叫，接着是一阵乌老鸦。空气很清爽，——虽然也带些土气息，——大约正当黎明时候罢。我想睁开眼睛来，他却丝毫也不动，简直不像是我的眼睛；于是想抬手，也一样。

恐怖的利镞忽然穿透我的心了。在我生存时，曾经玩笑地设想：假使一个人的死亡，只是运动神经的废灭，而知觉还在，那就比全死了更可怕。谁知道我的预想竟的中了，我自己就在证实这预想。

听到脚步声，走路的罢。一辆独轮车从我的头边推过，大约是重载的，轧轧地叫得人心烦，还有些牙齿齼。很觉得满眼绯红，一定是太阳上来了。那么，我的脸是朝东的。但那都没有什么关系。切切嚓嚓的人声，看热闹的。他们踹起黄土来，飞进我的鼻孔，使我想打喷嚏了，但终于没有打，仅有想打的心。

陆陆续续地又是脚步声，都到近旁就停下，还有更多的低语声：看的人多起来了。我忽然很想听听他们的议论。但同时想，我生存时说的什么批评不值一笑的话，大概是违心之论罢：才死，就露了破绽了。然而还是听；然而毕竟得不到结论，归纳起来不过是这样——

"死了？……"

"嗡。——这……"

"啍！……"

"啧。……唉！……"

我十分高兴，因为始终没有听到一个熟识的声音。否则，或者害得他们伤心；或则要使他们快意；或则要使他们加添些饭后闲谈的材料，多破费宝贵的工夫；这都会使我很抱歉。现在谁也看不见，就是谁也不受影响。好了，总算对得起人了！

但是，大约是一个蚂蚁，在我的脊梁上爬着，痒痒的。我一点也不能动，已经没有除去他的能力了；倘在平时，只将身子一扭，就能使他退避。而且，大腿上又爬着一个哩！你们是做什么的？虫豸！？

事情可更坏了：嗡的一声，就有一个青蝇停在我的颧骨上，走了几步，又一飞，开口便舐我的鼻尖。我懊恼地想：足下，我不是什么伟人，你无须到我身上来寻做论的材料……但是不能说出来。他却从鼻尖跑下，又用冷舌头来舐我的嘴唇了，不知道可是表示亲爱。还有几个则聚在眉毛上，跨一步，我的毛根就一摇。实在使我烦厌得不堪，——不堪之至。

忽然，一阵风，一片东西从上面盖下来，他们就一同飞开了，临走时还说——

"惜哉！……"

我愤怒得几乎昏厥过去。

木材摔在地上的钝重的声音同着地面的震动，使我忽然清醒，前额上感着芦席的条纹。但那芦席就被掀去了，又立刻感到了日光的灼热。还听得有人说——

"怎么要死在这里？……"

这声音离我很近，他正弯着腰罢。但人应该死在那里呢？我先前以为人在地上虽没有任意生存的权利，却总有任意死掉的权利的。现在才知道并不然，也很难适合人们的公意。可惜我久没了纸笔；即有也不能写，而且即使写了也没有地方发表了。只好就这样地抛开。

有人来抬我，也不知道是谁。听到刀鞘声，还有巡警在这里罢，在我所不应该"死在这里"的这里。我被翻了几个转身，便觉得向上一举，又往下一沉；又听得盖了盖，钉着钉。但是，奇怪，只钉了两个。难道这里的棺材钉，是只钉两个的么？

我想：这回是六面碰壁，外加钉子。真是完全失败，呜呼哀哉了！……

"气闷！……"我又想。

然而我其实却比先前已经宁静得多，虽然知不清埋了没有。在手背上触到草席的条纹，觉得这尸衾倒也不恶。只不知道是谁给我化钱的，可惜！但是，可恶，收敛的小子们！我背后的小衫的一角皱起来了，他们并不给我拉平，现在抵得我很难受。你们以为死人无知，做事就这样地草率么？哈哈！

我的身体似乎比活的时候要重得多，所以压着衣皱便格外的不舒服。但我想，不久就可以习惯的；或者就要腐烂，不至于再有什么大麻烦。此刻还不如静静地静着想。

"您好？您死了么？"

是一个颇为耳熟的声音。睁眼看时，却是勃古斋旧书铺的跑外的小伙计。不见约有二十多年了，倒还是那一副老样子。我又看看六面的壁，委实太毛糙，简直毫没有加过一点修刮，锯绒还是毛氄氄的。

"那不碍事，那不要紧。"他说，一面打开暗蓝色布的包裹来。"这是明板《公羊传》，嘉靖黑口本，给您送来了。您留下他罢。这是……"

"你！"我诧异地看定他的眼睛，说"你莫非真正胡涂了？你看我这模样，还要看什么明板？……"

"那可以看，那不碍事。"

我即刻闭上眼睛，因为对他很烦厌。停了一会，没有声息，他大约走了。但是似乎一个蚂蚁又在脖子上爬起来，终于爬到脸上，只绕着眼眶转圈子。

万不料人的思想，是死掉之后也还会变化的。忽而，有一种力将我的心的平安冲破；同时，许多梦也都做在眼前了。几个朋友祝我安乐，几个仇敌祝我灭亡。我却总是既不安乐，也不灭亡地不上不下地生活下来，都不能副任何一面的期望。现在又影一般死掉了，连仇敌也不使知道，不肯赠给他们一点惠而不费的欢欣。……

我觉得在快意中要哭出来。这大概是我死后第一次的哭。

然而终于也没有眼泪流下；只看见眼前仿佛有火花一闪，我于是坐了起来。

一九二五年七月十二日

说死以及自杀情死之类

郁达夫

死是全部的生物必须经过的最后的一重门，但我们人类——尤其是中国人——仿佛对死这一件事情，来得特别的怕，因而在新年里，在喜庆场等地方，大家都不敢提到这一个字，以为不吉。其实我们人类是时时刻刻，日日年年，在那里死下去的，今日之我，并非昨日之我，一刻前之我，当然不是现在的一刻之我了。死，怕它干吗？照英国裴孔（1561—1626）说来，人对死的恐怖，是因见了临终的难过，朋友的悲啼，丧葬的行列，与夫死相的难看等而增加，正如小孩的恐惧黑暗，会因听了大人的传说而增加一样。伟大善良，有作为的人，是不怕死的。裴孔在他那篇论死的文章里，并且还引了许多赛乃喀、该撒、在诺的话在那里，教人不要怕死，教人须做好人，做事业，热心于令名的流传。但我想写这一篇论文的裴孔自身，当伤了风，睡在他朋友家里的冷床之上，到了将死的时候，一定也在那里后悔的，后悔着不该去做那一回冰肉的试验，致受了寒。哲人中间，话虽说得很透辟，年纪虽也活得相当的高，但对于死的恐怖，仍旧是避免不脱，到后来仍要去迷信鬼神的，很多很多。尤其年老的人，怕死更加怕得厉害，这只须读一读高尔基做的托尔斯泰的印象记，就可以晓得这位八十几岁的老先生对死是如何的恐怖了。

厌世哲学家爱杜华特·丰·哈尔脱曼，从科学的生物学的研究，而说到了人的不得不死。教人时时刻刻记住，生是偶然，而细胞的崩溃，与肉体的死去，却是千真万确，没有例外的。在这教训里，当然是可以使智者见智，仁者见仁，并不是在说，人横竖是要死的，还不是猫猫虎虎地过去一辈子就算了。反之，因感到了生也有涯，而知也无涯之故，加紧速力去用功做事业的人也不在少数，这原是死对人类的一种积极的贡献。再退一步说，假使中国的各要人，都能想到最后是必有一个死在那里等他的话，那从我们四万万穷苦同胞身上所绞榨去的一百三十万万的公债，及不知几千万万的租税等，都不会变成私人的户头，存到外国银行里去了。人是总有一死的，要昧尽天良，搜括这么许多钱干吗？这岂不是死之一念，对人类的消极的贡献？可惜中国人只在怕死，而没有想到死的必不能避免。厌世哲学，从这一方面看来，我倒觉得在中国还有大来提倡的必要。从厌世哲学里，必然要演绎出来的结论，是自杀。善哉，叔本华之言，"自杀何罪？"人之所以比上帝厉害的地方，就在上帝要想自杀，也死不成功（因为神是永生的），而人却可以以他自己的意志，来解决自己的生命。既然入世是苦，生存是空的时候，那自杀也不过是空中之空罢了，罪于何有？吃白食的宣教师们说自杀是罪恶，全系空谈，不通的立法者们，把自杀列入刑条，欲对自杀者加以重刑，尤其是滑稽得可笑。一个对死都没有恐惧的人，对于刑律的威胁，还有一点什么恐惧呢？

不过自杀既不是罪恶，而人生总不免一死的话，那直截了当，还不如大家去自杀去罢，倒可以免得许多麻烦。厌世哲学的真义，是不是在这里？这我想不但哈尔脱曼没有说过，就是厌世哲学的老祖宗叔本华也不再那么想的。否则像猴子似的这一位丑奴儿，何必要著他的《想象与观念的世界》，何必要见英国诗人贝郎而吃醋，何必要和他娘去为争财产而涉讼，何必要和一个同居的女裁缝师去打架呢？人之自杀，盖出于不得已也，必定要精神上的苦痛，能胜过死的时候的肉体上的苦痛的时候，才干得了的事情。若同吃茶喝酒一样，自杀是那么便利快乐的话，那受了重重压迫的中国民众，早就个个都去自杀了，谁还愿意去完粮纳税，为几个军阀要人做牛马呢？

快乐的自杀，有是一定有的，猜想起来，大约情死这一件事情，是比较其他的死来得快乐一点。"一声河满子，双泪落君前"，还不算情死，绿珠、关盼盼、柳如是等，也算不得情死，至于黄慧如、马振华等，更不是情死了。快乐的情死，由我看来，在想象中出现的，只能算《金瓶梅》里的西门庆，这从肉体的方面着想，大约一定是同喝酒醉杀，跳舞跳杀是一样的结果。其次在史实上出现，而死的时候，男女两人又各感到精神上的快乐的，大约总要算德国的薄命诗人亨利·克拉衣斯脱（Heinrich von Kleist, 1777—1811）和福艾儿夫人亨利爱戴（Frau Henriette Vogel）的情死了。当这快乐的耶稣圣诞节前，且向大家先告个罪儿，让我来把这一出悲壮的大戏剧的结末，详细说一说，权当作这一篇短文的煞尾罢！

克拉衣斯脱不幸，生作了和会向拿破仑低头，会对伐以玛公喀儿·奥古斯脱献媚而做大官的大诗人歌德并世的人。因而潦倒一生，弄得馕粥不全，声名狼藉，倒还是小事，到了一八一一年的时候，他的忧伤郁闷，竟使他对人类对世界的希望完全断绝，成了一个为忧郁症所压倒的病人。正在这前后，他因他朋友亚·弥勒（A.Mueller）的介绍，认识了福艾儿夫人亨利爱戴。她的忧伤郁闷，多病多愁，却正好和克拉衣斯脱并驾齐驱。两人之间，就因互爱音乐的结果，而成了莫逆的挚交。有一天克拉衣斯脱听了她的歌唱之后，觉得这高尚的颂赞歌诗，唱得分外的美丽，他就兴奋着对她说："多么美丽吓！这是最适合于自杀的时候的。"当时她还不说什么，只默默地对他凝视了一回。后来她又问起他说："前回的戏言，你记不记得起了？我若要求你将我杀死的时候，你能不食言否？""我克拉衣斯脱是一诺千金的男子汉，哪会食言！"于是一八一一年十一月二十的午后，两个人就快快活活的坐车出了柏林，到了去朴此达姆有三五里远的万岁湖滨（Wansee）。在旅舍里高高兴兴的过了一夜，第二日并且还打发人送信到了城里。便在这翌日的午后，两个人散步到了湖滨的洼处，拍拍的两声，他们的多愁多病的躯壳，就此解脱了。城里的朋友们接到了他们两人合写的很快乐的报告最后消息的信后，急急赶来，他们俩的不幸的灵魂，早就飞到了天国里去了。福艾儿夫人是向天躺着，一弹系从左胸部衣服解开之后穿入，从左肩后穿出的，两只纤手还好好地叠着搁在胸前。克拉衣斯脱是跪在亨利爱戴的面前，一弹系从嘴里打进脑里穿出的。两人的红白相间的面上，笑容都还在那里荡漾着哩！

一九三二年年十二月二十二日

给亡妇

朱自清

　　谦，日子真快，一眨眼你已经死了三个年头了。这三年里世事不知变化了多少回，但你未必注意这些个，我知道。你第一惦记的是你几个孩子，第二便轮着我。孩子和我平分你的世界，你在日如此；你死后若还有知，想来还如此的。告诉你，我夏天回家来着：迈儿长得结实极了，比我高一个头。闰儿，父亲说是最乖，可是没有先前胖了。采芷和转子都好。五儿全家夸她长得好看；却在腿上生了湿疮，整天坐在竹床上不能下来，看了怪可怜的。六儿，我怎么说好，你明白，你临终时也和母亲谈过，这孩子是只可以养着玩儿的，他左挨右挨去年春天，到底没有挨过去。这孩子生了几个月，你的肺病就重起来了。我劝你少亲近他，只监督着老妈子照管就行。你总是忍不住，一会儿提，一会儿抱的。可是你病中为他操的那一份儿心也够瞧的。那一个夏天他病的时候多，你成天儿忙着，汤呀，药呀，冷呀，暖呀，连觉也没有好好儿睡过。那里有一分一毫想着你自己。瞧着他硬朗点儿你就乐，干枯的笑容在黄蜡般的脸上，我只有暗中叹气而已。

从来想不到做母亲的要像你这样。从迈儿起，你总是自己喂乳，一连四个都这样。你起初不知道按钟点儿喂，后来知道了，却又弄不惯；孩子们每夜里几次将你哭醒了，特别是闷热的夏季。我瞧你的觉老没睡足。白天里还得做菜，照料孩子，很少得空儿。你的身子本来坏，四个孩子就累你七八年。到了第五个，你自己实在不成了，又没乳，只好自己喂奶粉，另顾老妈子专管她。但孩子跟老妈子睡，你就没有放过心；夜里一听见哭，就竖起耳朵听，工夫一大就得过去看。十六年初，和你到北京来，将迈儿、转子留在家里；三年多还不能去接他们，可真把你惦记苦了。你并不常提，我却明白。你后来说你的病就是惦记出来的；那个自然也有份儿，不过大半还是养育孩子累的。你短短的十二年结婚生活，有十一年耗费在孩子们身上；而你一点不厌倦，有多少力量用多少，一直到自己毁灭为止。你对孩子一般儿爱，不问男的女的，大的小的。也不想到什么"养儿防老，积谷防饥"，只拼命的爱去。你对于教育老实说有些外行，孩子们只要吃得好玩得好就成了。这也难怪你，你自己便是这样长大的。况且孩子们原都还小，吃和玩本来也要紧的。你病重的时候最放不下的还是孩子。病的只剩皮包着骨头了，总不信自己不会好；老说："我死了，这一大群孩子可苦了。"后来说送你回家，你想着可以见迈儿和转子，也愿意；你万想不到会一去不返的。我送车的时候，你忍不住哭了，说"还不知能不能再见？"可怜，你的心我知道，你满想着好好儿带着六个孩子回来见我的。谦，你那时一定这样想一定的。

　　除了孩子，你心里只有我。不错，那时你父亲还在。可是你母亲死了，他另有个女人，你老早就觉得隔了一层似的。出嫁后第一年你虽还一心一意依恋着他老人家，到第二年上我和孩子就将你的心占住，你再没有多少工夫惦记他了。你记得第一年我在北京，你在家里。家里来信说你待不住，常回娘家去。我动气了，马上写信责备你。你教人写了一封复信，说家里有事，不能不回去。这是你第一次也可以说第末次的抗议，我从此就没给你写信。暑假时带了一肚子主意回去，但见了面，看你一脸笑，也就拉倒了。打这时候起，你渐渐从你父亲的怀里跑到我这儿。你换了金镯子帮助我的学费，叫我以后还你，但直到你死，我没有还你。你在我家受了许多气，又因为我家的缘故受你家里的气，你都忍着。这全为的是我，我知道。那回我从家乡一个中学半途辞职出走。家里人讽你也走。哪里走！只得硬着头皮往你家去。那时你家像个冰窖子，你们在窖里足足住了三个月。好容易我才将你们领出来了。一同上外省去。小家庭这样组织起来了。你虽不是什么阔小姐，可也是自小娇生惯养的。做起主妇来，什么都得干一两手；你居然做下去了，而且高高兴兴地做下去了。菜照例满是你做，可是吃的都是我们；你至多夹上两三筷子就算了。你的菜做得不坏，有一位老在行大大地夸奖过你。你洗衣服也不错，夏天我的绸大褂大概总是你亲自动手。你在家老不乐意闲着；坐前几个"月子"，老是四五天就起床，说是躺着家里事没条没理的。其实你起来也还不是没条理；咱们家那么多孩子，哪儿来条理？在浙江住的时候，逃过两回兵难，我都在北平。真亏你领着母亲和一群孩子东藏西躲的；末一回还要走多少里路，翻一道大岭。这两回差不多只靠你一个人。你不但带了母亲和孩子们，还带了我一箱箱的书；你知道我是最爱书的。在短短的十二年里，你操的心比人家一辈子还多；谦，你那样身子怎么经得住！你将我的责任一股脑儿担负了去，压死了你；我如何对得起你！

你为我的捞什子书也费了不少神；第一回让你父亲的男佣人从家乡捎到上海去。他说了几句闲话，你气得在你父亲面前哭了。第二回是带着逃难，别人都说你傻子。你有你的想头："没有书怎么教书？况且他又爱这个玩意儿。"其实你没有晓得，那些书丢了也并不可惜；不过教你怎么晓得，我平常从来没和你谈过这些个！总而言之，你的心是可感谢的。这十二年里你为我吃的苦真不少，可是没有过几天好日子。我们在一起住，算来也还不到五个年头。无论日子怎么坏，无论是离是合，你从来没对我发过脾气，连一句怨言也没有。——别说怨我，就是怨命也没有过。老实说，我的脾气可不大好，迁怒的事儿有的是。那些时候你往往抽噎着流眼泪，从不回嘴，也不号啕。不过我也只信得过你一个人，有些话我只和你一个人说，因为世界上只你一个人真关心我，真同情我。你不但为我吃苦，更为我分苦；我之有我现在的精神，大半是你给我培养着的。这些年来我很少生病。但我最不耐烦生病，生了病就呻吟不绝，闹那伺候病的人。你是领教过一回的，那回只一两点钟，可是也够麻烦了。你常生病，却总不开口，挣扎着起来；一来怕搅我，二来怕没人做你那份儿事。我有一个坏脾气，怕听人生病，也是真的。后来你天天发烧，自己还以为南方带来的疟疾，一直瞒着我。明明躺着，听见我的脚步，一骨碌就坐起来。我渐渐有些奇怪，让大夫一瞧，这可糟了，你的一个肺已烂了一个窟窿了！大夫劝你到西山静养，你丢不下孩子，又舍不得钱；劝你在家里躺着，你也丢不下那份儿家务。越看越不行了，这才送你回去。明知凶多吉少，想不到只一个月工夫你就完了！本来盼望还见得着你，这一来可拉倒了。你也何尝想到这个？父亲告诉我，你回家独住着一所小住宅，还嫌没有客厅，怕我回去不便哪。

前年夏天回家，上你坟上去了。你睡在祖父母的下首，想来还不孤单的。只是当年祖父母的圹太小了，你正睡在圹底下。这叫做"抗圹"，在生人看来是不安心的；等着想办法罢。那时圹上圹下密密地长着青草，露水浸湿了我的布鞋。你刚埋了半年多，只有圹下多出一块土，别的全然看不出新坟的样子。我和隐今夏回去，本想到你的坟上来；因为她病了，没来成。我们想告诉你，五个孩子都好，我们一定尽心教养他们，让他们对得起死了的母亲你！谦，好好儿放心安睡罢，你。

二十一年十月十一日

怀念萧珊

巴　金

一

　　今天是萧珊逝世的六周年纪念日。六年前的光景还非常鲜明地出现在我的眼前。那一天我从火葬场回到家中，一切都是乱糟糟的，过了两三天我渐渐地安静下来了，一个人坐在书桌前，想写一篇纪念她的文章。在五十年前我就有了这样一种习惯：有感情无处倾吐时我经常求助于纸笔。可是一九七二年八月里那几天，我每天坐三四个小时望着面前摊开的稿纸，却写不出一句话。我痛苦地想，难道给关了几年的"牛棚"，真的就变成"牛"了？头上仿佛压了一块大石头，思想好像冻结了一样。我索性放下笔，什么也不写了。

　　六年过去了。林彪、"四人帮"及其爪牙们的确把我搞得很"狼狈"，但我还是活下来了，而且偏偏活得比较健康，脑子也并不糊涂，有时还可以写一两篇文章。最近我经常去龙华火葬场，参加老朋友们的骨灰安放仪式。在大厅里我想起许多事情。同样地奏着哀乐，我的思想却从挤满了人的大厅转到只有二三十个人的中厅里去了，我们正在用哭声向萧珊的遗体告别。我记起了《家》里面觉新说过的一句话："好像玨死了，也是一个不祥的鬼。"四十七年前我写这句话的时候，怎么想得到我是在写自己！我没有流眼泪，可是我觉得有无数锋利的指甲在搔我的心。我站在死者遗体旁边，望着那张惨白色的脸，那两片咽下千言万语的嘴唇，我咬紧牙齿，在心里唤着死者的名字。我想，我比她大十三岁，为什么不让我先死？我想，这是多么不公平！她究竟犯了什么罪？她也给关进"牛棚"，挂上"牛鬼蛇神"的小纸牌，还扫过马路。究竟为什么？理由很简单，她是我的妻子。她患了病，得不到治疗，也因为她是我的妻子。想尽办法一直到逝世前三个星期，靠开后门她才住进医院。但是癌细胞已经扩散，肠癌变成了肝癌。

她不想死，她要活，她愿意改造思想，她愿意看到社会主义建成。这个愿望总不能说是痴心妄想吧。她本来可以活下去，倘使她不是"黑老K"的"臭婆娘"。一句话，是我连累了她，是我害了她。

在我靠边的几年中间，我所受到的精神折磨她也同样受到。但是我并未挨过打，她却挨了"北京来的红卫兵"的铜头皮带，留在她左眼上的黑圈好几天以后才褪尽。她挨打只是为了保护我，她看见那些年轻人深夜闯进来，害怕他们把我揪走，便溜出大门，到对面派出所去，请民警同志出来干预。那里只有一个人值班，不敢管。当着民警的面，她被他们用铜头皮带狠狠抽了一下，给押了回来，同我一起关在马桶间里。

她不仅分担了我的痛苦，还给了我不少的安慰和鼓励。在"四害"横行的时候，我在原单位（中国作家协会上海分会）给人当作"罪人"

和"贱民"看待，日子十分难过，有时到晚上九十点钟才能回家。我进了门看到她的面容，满脑子的乌云都消散了。我有什么委屈、牢骚，都可以向她尽情倾吐。有一个时期我和她每晚临睡前要服两粒眠尔通才能够闭眼，可是天刚刚发白就都醒了。我唤她，她也唤我。我诉苦般地说："日子难过啊！"她也用同样的声音回答："日子难过啊！"但是她马上加一句："要坚持下去。"或者再加一句："坚持就是胜利。"我说"日子难过"，因为在那一段时间里，我每天在"牛棚"里面劳动、学习、写交代、写检查、写思想汇报。任何人都可以责骂我、教训我、指挥我。从外地到"作协分会"来串连的人可以随意点名叫我出去"示众"，还要自报罪行。上下班不限时间，由管理"牛棚"的"监督组"随意决定。任何人都可以闯进我家里来，高兴拿什么就拿走什么。这个时候大规模的群众性批斗和电视批斗大会还没有开始，但已经越来越逼近了。

她说"日子难过"，因为她给两次揪到机关，靠边劳动，后来也常常参加陪斗。在淮海中路"大批判专栏"上张贴着批判我的罪行的大字报，我一家人的名字都给写出来"示众"，不用说"臭婆娘"的大名占着显著的地位。这些文字像虫子一样咬痛她的心。她让上海戏剧学院"狂妄派"学生突然袭击、揪到"作协分会"去的时候，在我家大门上还贴了一张揭露她的所谓罪行的大字报。幸好当天夜里我儿子把它撕毁。否则这一张大字报就会要了她的命！

人们的白眼，人们的冷嘲热骂蚕食着她的身心。我看出来她的健康逐渐遭到损害。表面上的平静是虚假的。内心的痛苦像一锅煮沸的水，她怎么能遮盖住！怎么能使它平静！她不断地给我安慰，对我表示信任，替我感到不平。然而她看到我的问题一天天地变得严重，上面对我的压力一天天地增加，她又非常担心。有时同我一起上班或者下班，走近巨鹿路口，快到"作协分会"，或者走近湖南路口，快到我们家，她总是抬不起头。我理解她，同情她，也非常担心她经受不起沉重的打击。我记得有一天到了平常下班的时间，我们没有受到留难，回到家里她比较高兴，到厨房去烧菜。我翻看当天的报纸，在第三版上看到当时做了"作协分会"的"头头"的两个工人作家写的文章《彻底揭露巴金的反革命真面目》。真是当头一棒！我看了两三行，连忙把报纸藏起来，我害怕让她看见。她端着烧好的菜出来，脸上还带笑容，吃饭时她有说有笑。饭后她要看报，我企图把她的注意力引到别处。但是没有用，她找到了报纸。她的笑容一下子完全消失。这一夜她再没有讲话，早早地进了房间。我后来发现她躺在床上小声哭着。一个安静的夜晚给破坏了。今天回想当时的情景，她那张满是泪痕的脸还在我的眼前。我多么愿意让她的泪痕消失，笑容在她那憔悴的脸上重现，即使减少我几年的生命来换取我们家庭生活中一个宁静的夜晚，我也心甘情愿！

二

我听周信芳同志的媳妇说，周的夫人在逝世前经常被打手们拉出去当作皮球推来推去，打得遍体鳞伤。有人劝她躲开，她说："我躲开，他们就要这样对付周先生了。"萧珊并未受到这种新式体罚。可是她在精神上给别人当皮球打来打去。她也有这样的想法：她多受一点精神折磨，可以减轻对我的压力。其实这是她一片痴心，结果只苦了她自己。我看见她一天天地憔悴下去，我看见她的生命之火逐渐熄灭，我多么痛心。我劝她，安慰她，我想把她拉住，一点也没有用。

她常常问我："你的问题什么时候才解决呢？"我苦笑地说："总有一天会解决的。"她叹口气说："我恐怕等不到那个时候了。"后来她病倒了，有人劝她打电话找我回家，她不知从哪里得来的消息，她说："他在写检查，不要打岔他。他的问题大概可以解决了。"等到我从五·七干校回家休假，她已经不能起床。她还问我检查写得怎样，问题是否可以解决。我当时的确在写检查，而且已经写了好几次了。他们要我写，只是为了消耗我的生命。但她怎么能理解呢？

这时离她逝世不过两个多月，癌细胞已经扩散，可是我们不知道，想找医生给她认真检查一次，也毫无办法。平日去医院挂号看门诊，等了许久才见到医生或者实习医生，随便给开个药方就算解决问题。只有在发烧到摄氏三十九度才有资格挂急诊号，或者还可以在病人拥挤的观察室里待上一天半天。当时去医院看病找交通工具也很困难，常常是我女婿借了自行车来，让她坐在车上，他慢慢地推着走。有一次她雇到小三轮卡去看病，看好门诊回家雇不到车了，只好同陪她看病的朋友一起慢慢地走回来，走走停停，走到街口，她快要倒下了，只得请求行人到我们家通知。她一个表侄正好来探病，就由他去把她背了回家。她希望拍一张 X 光片子查一查肠子有什么病，但是办不到。后来靠了她一位亲戚帮忙开后门两次拍片，才查出她患肠癌。以后又靠朋友设法开后门住进了医院。她自己还很高兴，以为得救了。只有她一个人不知真实的病情，她在医院里只活了三个星期。

我休假回家假期满了，我又请过两次假，留在家里照料病人。最多也不到一个月。我看见她病情日趋严重，实在不愿意把她丢开不管，我要求延长假期的时候，我们那个单位的一个"工宣队"头头逼着我第二天就回干校去。我回到家里，她问起来，我无法隐瞒。她叹了一口气，说："你放心去吧。"她把脸掉过去，不让我看她。我女儿、女婿看到这种情景，自告奋勇跑到巨鹿路向那位"工宣队"头头解释，希望同意我在市区多留些日子照料病人。可是那个头头"执法如山"，还说：他不是医生，留在家里，有什么用！"留在家里对他改造不利！"他们气愤地回到家中，只说机关不同意，后来才对我传达了这句"名言"。我还能讲什么呢？明天回干校去！

整个晚上她睡不好，我更睡不好。出乎意外，第二天一早我那个插队落户的儿子在我们房间里出现了，他是昨天半夜里到的。他得到了家信，请假回家看母亲，却没有想到母亲病成这样。我见了他一面，把他母亲交给他，就回干校去了。

在车上我的情绪很不好。我实在想不通为什么会有这样的事情。我在干校待了五天，无法同家里通消息。我已经猜到她的病不轻了。可是人们不让我过问她的事情。这五天是多么难熬的日子！到第五天晚上在干校的造反派头头通知我们全体第二天一早回市区开会。这样我才又回到了家，见到我的爱人。靠了朋友帮忙，她可以住进中山医院肝癌病房，一切都准备好，她第二天就要住院了。她多么希望住院前见我一面，我终于回来了。连我也没有想到她的病情发展得这么快。我们见了面，我一句话也讲不出来。她说了一句："我到底住院了。"我答说："你安心治疗吧。"她父亲也来看她，老人家双目失明，去医院探病有困难，可能是来同他的女儿告别了。

我吃过中饭，就去参加给别人戴上反革命帽子的大会，受批判、戴帽子的人不止一个，其中有一个我的熟人，他过去也是作家，不过比我年轻。我们一起在"牛棚"里关过一个时期，他的罪名是"摘帽右派"。他不服，不肯听话，他贴出大字报，声明"自己解放自己"，因此罪名越搞越大，给捉去关了一个时期不算，还戴上了反革命的帽子监督劳动。在会场里我一直像在做怪梦。开完会回家，见到萧珊我感到格外亲切，仿佛重回人间。可是她不舒服，不想讲话，偶尔讲一句半句。我还记得她讲了两次："我看不到了。"我连声问她看不到什么？她后来才说："看不到你解决了。"我还能再讲什么呢？

我儿子在旁边，垂头丧气，精神不好，晚饭只吃了半碗，像是患感冒。她忽然指着他小声说："他怎么办呢？"他当时在安徽山区农村已经待了三年半，政治上没有人管，生活上不能养活自己，而且因为是我的儿子，给剥夺了好些公民权利。他先学会沉默，后来又学会抽烟。我怀着内疚的心情看看他。我后悔当初不该写小说，更不该生儿育女。我还记得前两年在痛苦难熬的时候她对我说："孩子们说爸爸做了坏事，害了我们大家。"这好像用刀子在割我身上的肉。我没有出声，我把泪水全吞在肚里。她睡了一觉醒过来忽然问我："你明天不去了？"我说："不去了。"就是那个"工宣队"头头今天通知我不用再去干校就留在市区。他还问我："你知道萧珊是什么病？"我答说："知道。"其实家里瞒住我，不给我知道真相，我还是从他这句问话里猜到的。

三

　　第二天早晨她动身去医院，一个朋友和我女儿、女婿陪她去。她穿好衣服等候车来。她显得急躁，又有些留恋，东张张西望望，她也许在想是不是能再看到这里的一切。我送走她，心上反而加了一块大石头。

　　将近二十天里，我每天去医院陪伴她大半天。我照料她，我坐在病床前守着她，同她短短地谈几句话。她的病情恶化，一天天衰弱下去，肚子却一天天大起来，行动越来越不方便。当时病房里没有人照料，生活方面除饮食外一切都必须自理。后来听同病房的人称赞她"坚强"，说她每天早晚都默默地挣扎着下了床，走到厕所。医生对我们谈起，病人的身体经不住手术，最怕的是她的肠子堵塞，要是不堵塞，还可以拖延一个时期。她住院后的半个月是一九六六年八月以来我既感痛苦又感到幸福的一段时间，是我和她在一起度过的最后的平静的时刻，我今天还不能将它忘记。但是半个月以后，她的病情又有了发展，一天吃中饭的时候，医生通知我儿子找我去谈话。他告诉我：病人的肠子给堵住了，必须开刀。开刀不一定有把握，也许中途出毛病。但是不开刀，后果更不堪设想。他要我决定，并且要我劝她同意。我做了决定，就去病房对她解释。我讲完话，她只说了一句："看来，我们要分别了。"她望着我，眼睛里全是泪水。我说："不会的……"我的声音哑了。接着护士长来安慰她，对她说："我陪你，不要紧的。"她回答："你陪我就好。"时间很紧迫，医生、护士们很快作好了准备，她给送进手术室去了，是她的表侄把她推到手术室门口的。我们就在外面走廊上等了好几个小时，等到她平安地给送出来，由儿子把她推回到病房去。儿子还在她的身边守过一个夜晚。过两天他也病倒了，查出来他患肝炎，是从安徽农村带回来的。本来我们想瞒住他的母亲，可是无意间让他母亲知道了。她不断地问："儿子怎么样？"我自己也不知道儿子怎么样，我怎么能使她放心呢？晚上回到家，走进空空的、静静的房间，我几乎要叫出声来："一切都朝我的头打下来吧，让所有的灾祸都来吧。我受得住！"

我应当感谢那位热心而又善良的护士长，她同情我的处境，要我把儿子的事情完全交给她办。她作好安排，陪他看病、检查，让他很快住进别处的隔离病房，得到及时的治疗和护理。他在隔离病房里苦苦地等候母亲病情的好转。母亲躺在病床上，只能有气无力地说几句短短的话，她经常问："棠棠怎么样？"从她那双含泪的眼睛里我明白她多么想看见她最爱的儿子。但是她已经没有精力多想了。

她每天给输血，打盐水针。她看见我去就断断续续地问我："输多少西西的血？该怎么办？"我安慰她："你只管放心。没有问题，治病要紧。"她不止一次地说："你辛苦了。"我有什么苦呢？我能够为我最亲爱的人做事情，哪怕做一件小事，我也高兴！后来她的身体更不行了。医生给她输氧气，鼻子里整天插着管子。她几次要求拿开，这说明她感到难受，但是听了我们的劝告，她终于忍受下去了。开刀以后她只活了五天。谁也想不到她会去得这么快！五天中间我整天守在病床前，默默地望着她在受苦（我是设身处地感觉到这样的），可是她除了两三次要求搬开床前巨大的氧气筒，三四次表示担心输血较多付不出医药费之外，并没有抱怨过什么。见到熟人她常有这样一种表情：请原谅我麻烦了你们。她非常安静，但并未昏睡，始终睁大两只眼睛。眼睛很大，很美，很亮。我望着，望着，好像在望快要燃尽的烛火。我多么想让这对眼睛永远亮下去！我多么害怕她离开我！我甚至愿意为我那十四卷"邪书"受到千刀万剐，只求她能安静地活下去。

不久前我重读梅林写的《马克思传》，书中引用了马克思给女儿的信里的一段话，讲到马克思夫人的死。信上说："她很快就咽了气。……这个病具有一种逐渐虚脱的性质，就像由于衰老所致一样。甚至在最后几小时也没有临终的挣扎，而是慢慢地沉入睡乡。她的眼睛比任何时候都更大、更美、更亮！"这段话我记得很清楚。马克思夫人也死于癌症。我默默地望着萧珊那对很大、很美、很亮的眼睛，我想起这段话，稍微得到一点安慰，听说她的确也"没有临终的挣扎"，也是"慢慢地沉入睡乡"。我这样说，因为她离开这个世界的时候，我不在她的身边。那天是星期天，卫生防疫站因为我们家发现了肝炎病人，派人上午来做消毒工作。她的表妹有空愿意到医院去照料她，讲好我们吃过中饭就去接替。没有想到我们刚刚端起饭碗，就得到传呼电话，通知我女儿去医院，说是她妈妈"不行"了。真是晴天霹雳！我和我女儿、女婿赶到医院。她那张病床上连床垫也给拿走了。别人告诉我她在太平间。我们又下了楼赶到那里，在门口遇见表妹。还是她找人帮忙把"咽了气"的病人抬进来的。死者还不曾给放进铁匣子里送进冷库，她躺在担架上，但已经给白布床单包得紧紧的，看不到面容了。我只看到她的名字。我弯下身子，把地上那个还有点人形的白布包拍了好几下，一面哭着唤她的名字。不过几分钟的时间。这算是什么告别呢？

据表妹说，她逝世的时刻，表妹也不知道。她曾经对表妹说："找医生来。"医生来过，并没有什么。后来她就渐渐地"沉入睡乡"。表妹还以为她在睡眠。一个护士来打针，才发觉她的心脏已经停止跳动了。我没有能同她诀别，我有许多话没有能向她倾吐，她不能没有留下一句遗言就离开我！我后来常常想，她对表妹说："找医生来。"很可能不是"找医生"，是"找李先生"（她平日这样称呼我）。为什么那天上午偏偏我不在病房呢？家里人都不在她身边，她死得这样凄凉！

我女婿马上打电话给我们仅有的几个亲戚。她的弟媳赶到医院，马上晕了过去。三天以后在龙华火葬场举行告别仪式。她的朋友一个也没有来。因为一则我们没有通知，二则我是一个审查了将近七年的对象。没有悼词，没有吊客，只有一片伤心的哭声。我衷心感谢前来参加仪式的少数亲友和特地来帮忙的我女儿的两三个同学。最后，我跟她的遗体告别，女儿望着遗容哀哭，儿子在隔离病房还不知道把他当作命根子的妈妈已经死亡。值得提说的是她当作自己儿子照顾了好些年的一位亡友的男孩从北京赶来，只为了见她的最后一面。这个整天同钢铁打交道的技术员，他的心倒不像钢铁那样。他得到电报以后，他爱人对他说："你去吧，你不去一趟，你的心永远安定不了。"我在变了形的她的遗体旁边站了一会。别人给我和她照了像。我痛苦地想：这是最后一次了，即使给我们留下来很难看的形象，我也要珍视这个镜头。

一切都结束了。过了几天我和女儿、女婿到火葬场，领到了她的骨灰盒。在存放室寄存了三年之后，我按期把骨灰盒接回家里。有人劝我把她的骨灰安葬，我宁愿让骨灰盒放在我的寝室里，我感到她仍然和我在一起。

四

梦魇一般的日子终于过去了。六年仿佛一瞬间似的远远地落在后面了。其实哪里是一瞬间！这段时间里有多少流着血和泪的日子啊。不仅是六年，从我开始写这篇短文到现在又过去了半年，半年中我经常在火葬场的大厅里默哀，行礼，为了纪念给"四人帮"迫害致死的朋友。想到他们不能把个人的智慧和才华献给社会主义祖国，我万分惋惜。每次戴上黑纱、插上纸花的同时，我也想起我自己最亲爱的朋友，一个普通的文艺爱好者，一个成绩不大的翻译工作者，一个心地善良的人。她是我的生命的一部分，她的骨灰里有我的泪和血。

她是我的一个读者。一九三六年我在上海第一次同她见面。一九三八年和一九四一年我们两次在桂林像朋友似的住在一起。一九四四年我们在贵阳结婚。我认识她的时候，她还不到二十，对她的成长我应当负很大的责任。她读了我的小说，给我写信，后来见到了我，对我发生了感情。她在中学念书，看见我以前，因为参加学生运动被学校开除，回到家乡住了一个短时期，又出来进另一所学校。倘使不是为了我，她三七、三八年一定去了延安。她同我谈了八年的恋爱，后来到贵阳旅行结婚，只印发了一个通知，没有摆过一桌酒席。从贵阳我和她先后到了重庆，住在民国路文化生活出版社门市部楼梯下七八个平方米的小屋里。她托人买了四只玻璃杯开始组织我们的小家庭。她陪着我经历了各种艰苦生活。在抗日战争紧张的时期，我们一起在日军进城以前十多个小时逃离广州，我们从广东到广西，从昆明到桂林，从金华到温州，我们分散了，又重见，相见后又别离。在我那两册《旅途通讯》中就有一部分这种生活的记录。四十年前有一位朋友批评我："这算什么文章！"我的《文集》出版后，另一位朋友认为我不应当把它们也收进去。他们都有道理。两年来我对朋友、对读者讲过不止一次，我决定不让《文集》重版。但是为我自己，我要经常翻看那两小册《通讯》。在那些年代，每当我落在困苦的境地里、朋友们各奔前程的时候，她总是亲切地在我的耳边说："不要难过，我不会离开你，我在你的身边。"的确，只有在她最后一次进手术室之前她才说过这样一句："我们要分别了。"

我同她一起生活了三十多年。但是我并没有好好地帮助过她。她比我有才华，却缺乏刻苦钻研的精神。我很喜欢她翻译的普希金和屠格涅夫的小说。虽然译文并不恰当，也不是普希金和屠格涅夫的风格，它们却是有创造性的文学作品，阅读它们对我是一种享受。她想改变自己的生活，不愿作家庭妇女，却又缺少吃苦耐劳的勇气。她听一个朋友的劝告，得到后来也是给"四人帮"迫害致死的叶以群同志的同意，到《上海文学》"义务劳动"，也做了一点点工作，然而在运动中却受到批判，说她专门向老作家、反动权威组稿，又说她是我派去的"坐探"。她为了改造思想，想走捷径，要求参加"四清"运动，找人推荐到某铜厂的工作组工作，工作相当忙碌、紧张，她却精神愉快。但是到我快要靠边的时候，她也被叫回"作协分会"参加运动。她第一次参加这种急风暴雨般的斗争，而且是以反动权威家属的身份参加，她不知道该怎么办才好。她张皇失措，坐立不安，替我担心，又为儿女的前途忧虑。她盼望什么人向她伸出援助的手，可是朋友们离开了她，"同事们"拿她当作箭靶，还有人想通过整她来整我。她不是"作协分会"或者刊物的正式工作人员，可是仍然被"勒令"靠边劳动、站队挂牌，放回家以后，又给揪到机关。过一个时期，她写了认罪的检查，第二次给放回家的时候，我们机关的造反派头头却通知里弄委员会罚她扫街。她怕人看见，每天大清早起来，拿着扫帚出门，扫得精疲力尽，才回到家里，关上大门，吐了一口气。但有时她还碰到上学去的小孩，对她叫骂"巴金的臭婆娘"。我偶尔看见她拿着扫帚回来，不敢正眼看她，我感到负罪的心情，这是对她的一个致命的打击。不到两个月，她病倒了，以后就没有再出去扫街（我妹妹继续扫了一个时期），但是也没有完全恢复健康。尽管她还继续拖了四年，但一直到死她并不曾看到我恢复自由。这就是她的最后，然而绝不是她的结局。她的结局将和我的结局连在一起。

我绝不悲观。我要争取多活。我要为我们社会主义祖国工作到生命的最后一息。在我丧失工作能力的时候，我希望病榻上有萧珊翻译的那几本小说。等到我永远闭上眼睛，就让我的骨灰同她的搀和在一起。

一九七九年一月十六日写完

祖父死了的时候

萧　红

祖父总是有点变样子，他喜欢流起眼泪来，同时过去很重要的事情他也忘掉。比方过去那一些他常讲的故事，现在讲起来，讲了一半下一半他就说："我记不得了。"

某夜，他又病了一次，经过这一次病，他竟说："给你三姑写信，叫她来一趟，我不是四五年没看过她吗？"他叫我写信给我已经死去五年的姑母。

那次离家是很痛苦的。学校来了开学通知信，祖父又一天一天地变样起来。

祖父睡着的时候，我就躺在他的旁边哭，好像祖父已经离开我死去似的，一面哭着一面抬头看他凹陷的嘴唇。我若死掉祖父，就死掉我一生最重要的一个人，好像他死了就把人间一切"爱"和"温暖"带得空空虚虚。我的心被丝线扎住或铁丝绞住了。

我联想到母亲死的时候。母亲死以后，父亲怎样打我，又娶一个新母亲来。这个母亲很客气，不打我，就是骂，也是指着桌子或椅子来骂我。客气是越客气了，但是冷淡了，疏远了，生人一样。

"到院子去玩玩吧！"祖父说了这话之后，在我的头上撞了一下，"喂！你看这是什么！"一个黄金色的橘子落到我的手中。

夜间不敢到茅厕去，我说："妈妈同我到茅厕去趟吧。"

"我不去！"

"那我害怕呀！"

"怕什么？"

"怕什么？怕鬼怕神？"父亲也说话了，把眼睛从眼镜上面看着我。

冬天，祖父已经睡下，赤着脚，开着纽扣跟我到外面茅厕去。

学校开学，我迟到了四天。三月里，我又回家一次，正在外面叫门，里面小弟弟嚷着："姐姐回来了！姐姐回来了！"大门开时，我就远远注意着祖父住着的那间房子。果然祖父的面孔和胡子闪现在玻璃窗里。我跳着笑着跑进屋去。但不是高兴，只是心酸，祖父的脸色更惨淡更白了。等屋子里一个人没有时，他流着泪，他慌慌忙忙地一边用袖口擦着眼泪，一边抖动着嘴唇说："爷爷不行了，不知早晚……前些日子好险没跌……跌死。"

"怎么跌的？"

"就是在后屋，我想去解手，招呼人，也听不见，按电铃也没有人来，就得爬啦。还没到后门口，腿颤，心跳，眼前发花了一阵就倒下去。没跌断了腰……人老了，有什么用处！爷爷是八十一岁呢。"

"爷爷是八十一岁。"

"没用了，活了八十一岁还是在地上爬呢！我想你看不着爷爷了，谁知没有跌死，我又慢慢爬到炕上。"

我走的那天也是和我回来那天一样，白色的脸的轮廓闪现在玻璃窗里。

在院心我回头看着祖父的面孔，走到大门口，在大门口我仍可看见，出了大门，就被门扇遮断。

从这一次祖父就与我永远隔绝了。虽然那次和祖父告别，并没说出一个永别的字。我回来看祖父，这回门前吹着喇叭，幡杆挑得比房头更高，马车离家很远的时候，我已看到高高的白色幡杆了，吹鼓手们的喇叭苍凉地在悲号。马车停在喇叭声中，大门前的白幡，白对联，院心的灵棚，闹嚷嚷许多人，吹鼓手们响起乌乌的哀号。

这回祖父不坐在玻璃窗里，是睡在堂屋的板床上，没有灵魂地躺在那里。我要看一看他白色的胡子，可是怎样看呢！拿开他脸上蒙着的纸吧，胡子、眼睛和嘴，都不会动了，他真的一点感觉也没有了？我从祖父的袖管里去摸他的手，手也没有感觉了。祖父这回真死去了啊！

祖父装进棺材去的那天早晨，正是后园里玫瑰花开放满树的时候。我扯着祖父的一张被角，抬向灵前去。吹鼓手在灵前吹着大喇叭。

我怕起来，我号叫起来。

"咣咣！"黑色的，半尺厚的灵柩盖子压上去。

吃饭的时候，我饮了酒，用祖父的酒杯饮的。饭后我跑到后园玫瑰树下去卧倒，园中飞着蜂子和蝴蝶，绿草的清凉的气味，这都和十年前一样。可是十年前死了妈妈。妈妈死后我仍是在园中扑蝴蝶；这回祖父死去，我却饮了酒。

过去的十年我是和父亲打斗着生活。在这期间我觉得人是残酷的东西。父亲对我是没有好面孔的，对于仆人也是没有好面孔的，他对于祖父也是没有好面孔的。因为仆人是穷人，祖父是老人，我是个小孩子，所以我们这些完全没有保障的人就落到他的手里。后来我看到新娶来的母亲也落到他的手里，他喜欢她的时候，便同她说笑，他恼怒时便骂她，母亲渐渐也怕起父亲来。

　　母亲也不是穷人，也不是老人，也不是孩子，怎么也怕起父亲来呢？我到邻家去看看，邻家的女人也是怕男人。我到舅父家去，舅母也是怕舅父。

　　我懂得的尽是些偏僻的人生，我想世间死了祖父，就没有再同情我的人了，世间死了祖父，剩下的尽是些凶残的人了。

　　我饮了酒，回想，幻想……

　　以后我必须不要家，到广大的人群中去，但我在玫瑰树下颤怵了，人群中没有我的祖父。所以我哭着，整个祖父死的时候我哭着。

我的祖母之死

徐志摩

一

> 一个单纯的孩子，
>
> 过他快活的时光，
>
> 兴匆匆的，活泼泼的，
>
> 何尝识别生存与死亡？

这四行诗是英国诗人华茨华斯（William Wordsworth）一首有名的小诗叫作"我们是七人"（*We Are Seven*）的开端，也就是他的全诗的主意。这位爱自然，爱儿童的诗人，有一次碰着一个八岁的小女孩，发卷蓬松的可爱，他问她兄弟姊妹共有几人，她说我们是七个，两个在城里，两个在外国，还有一个姊妹一个哥哥，在她家里附近教堂的墓园里埋着。但她小孩的心理，却不分清生与死的界限，她每晚携着她的干点心与小盘皿，到那墓园的草地里，独自的吃，独自的唱，唱给她的在土堆里眠着的兄姊听，虽则他们静悄悄的莫有回响，她烂漫的童心却不曾感到生死间有不可思议的阻隔；所以任凭华翁多方的譬解，她只是睁着一双灵动的小眼，回答说：

"可是，先生，我们还是七人。"

二

其实华翁自己的童真，也不比那小女孩的完全：他曾经说"在孩童时期，我不能相信我自己有一天也会得悄悄的躺在坟里，我的骸骨会得变成尘土"。又一次他对人说"我做孩子时最想不通的，是死的这回事将来也会得轮到我自己身上"。

孩子们天生是好奇的，他们要知道猫儿为什么要吃耗子，小弟弟从那里变出来的，或是究竟先有鸡还是先有鸡蛋；但人生最重大的变端——死的现象与实在，他们也只能含糊的看过，我们不能期望一个个小孩子们都是搔头穷思的丹麦王子。他们临到丧故，往往跟着大人啼哭；但他只要眼泪一干，就会到院子里踢毽子，赶蝴蝶，就使在屋子里长眠不醒了的是他们的亲爹或亲娘，大哥或小妹，我们也不能盼望悼死的悲哀可以完全翳蚀了他们稚羊小狗似的欢欣。你如其对孩子说，你妈死了，你知道不知道——他十次里有九次只是对着你发呆；但他等到要妈叫妈，妈偏不应的时候，他的嫩颊上就会有热泪流下。但小孩天然的一种表情；往往可以给人们最深的感动。我生平最忘不了的一次电影，就是描写一个小孩爱恋已死母亲的种种天真的情景。她在园里看种花，园丁告诉她这花在泥里，浇下水去，就会长大起来。那天晚上天下大雨，她睡在床上，被雨声惊醒了，忽然想起园丁的话，她的小脑筋里就发生了绝妙的主意。她偷偷的爬出了床，走下楼梯，到书房里去拿下桌上供着的她死母的照片，一把揣在怀里，也不顾倾倒着的大雨，一直走到园里，在地上用园丁的小锄掘松了泥土，把她怀里的亲妈，谨慎的取了出来，栽在泥里，把松泥掩护着；她做完了工就蹲在那里守候——一个三四岁的女孩，穿着白色的睡衣，在深夜的暴雨里，蹲在露天的地上，专心笃意的盼望已经死去的亲娘，像花草一般，从泥土里发长出来！

三

我初次遭逢亲属的大故，是二十年前我祖父的死，那时我还不满六岁。那是我生平第一次可怕的经验，但我追想当时的心理，我对于死的见解也不见得比华翁的那位小姑娘高明。我记得那天夜里，家里人吩咐祖父病重，他们今夜不睡了，但叫我和我的姊妹先上楼睡去，回头要我们时他们会来叫的。我们就上楼去睡了，底下就是祖父的卧房，我那时也不十分明白，只知道今夜一定有很怕的事，有火烧，强盗抢，做怕梦，一样的可怕。我也不十分睡着，只听得楼下的脚步声，碗碟声，唤婢仆声，隐隐的哭泣声，不息的响着。过了半夜，他们上来把我从睡梦里抱了下去，我醒过来只听得一片的哭声，他们已经把长条香点起来，一屋子的烟，一屋子的人，围拢在床前，哭的哭，喊的喊，我也捱了过去，在人丛里偷看大床里的好祖父。忽然听说醒了醒了，哭喊声也歇了，我看见父亲爬在床里，把病父抱持在怀里，祖父倚在他的身上，双眼紧闭着，口里衔着一块黑色的药物。他说话了，很清的声音，虽则我不曾听明他说的什么话，后来知道他经过了一阵昏晕，他又醒了过来对家人说："你们吃吓了，这算是小死。"他接着又说了好几句话，随讲音随低，呼气随微，去了，再不醒了，但我却不曾亲见最后的弥留，也许是我记不起，总之我那时早已跪在地板上，手里擎着香，跟着大众高声的哭喊了。

四

此后我在亲戚家收殓虽则看得不少，但死的实在的状况却不曾见过。我们念书人的幻想力是较比的丰富，但往往因为有了幻想力，就不管生命现象的实在，结果是书呆子，陆放翁说的"百无一用是书生"。人生的范围是无穷的：我们少年时精力充足什么都不怕尝试，只愁没有出奇的事情做，往往抱怨这宇宙太窄，青天太低，大鹏似的翅膀飞不痛快，但是……但是平心的说，且不论奇的，怪的，特别的，离奇的，我们姑且试问人生里最基本的事实，最单纯的，最普遍的，最平庸的，最近人情的经验，我们究竟能有多少的把握，我们能有多少深刻的了解，我们是否都亲身经历过？譬如说：生产，恋爱，痛苦，悲，死，妒，恨，快乐，真疲倦，真饥饿，渴，毒焰似的渴，真的幸福，冻的刑罚，忏悔，种种的情热。我可以说，我们平常人生观，人类，人道，人情，真理，哲理，本能等等名词不离口吻的念书人们，什么文学家，什么哲学家——关于真正人生基本的事实的实在，知道的——恐怕是极微至鲜，即使不等于圆圈。我有一个朋友，他和他夫人的感情极厚，一次他夫人临到难产，因为在外国，所以进医院什么都得他自己照料，最后医生宣言只有用手术一法，但性命不能担保，他没有法子，只好和他半死的夫人诀别（解剖时亲属不准在旁）。满心毒魔似的难受，他出了医院，走在道上，走上桥去，像得了离魂病似的，心脉舂臼似的跳着，最后他听着了教堂和缓的钟声，他就不自主的跟着钟声，进了教堂，跟着在做礼拜的跪着，祷告，忏悔，祈求，唱诗，流泪（他并不是信教的人），他这样的捱过时刻，后来回转医院时，一步步都是惨酷的磨难，比上行刑场的犯人，加倍的难受，他怕见医生与看护妇，仿佛他的运命是在他们的手掌里握着。事后他对人说"我这才知道了人生一点子的意味！"

五

所以不曾经历过精神或心灵的大变的人们，只是在生命的户外徘徊，也许偶尔猜想到几分墙内的动静，但总是浮的浅的，不切实的，甚至完全是隔膜的。人生也许是个空虚的幻梦，但在这幻象中，生与死，恋爱与痛苦，毕竟是陡起的奇峰，应得激动我们彷徨者的注意，在此中也许有可以感悟到一些幻里的真，虚中的实，这浮动的水泡不曾破裂以前，也应得饱吸自由的日光，反射几丝颜色！

我是一只不羁的野驹，我往往纵容想象的猖狂，诡辩人生的现实；比如凭藉凹折的玻璃，觉察当前景色。但时而复再，我也能从烦嚣的杂响中听出清新的乐调，在炫耀的杂彩里，看出有条理的意匠。这次祖母的大故，老家庭的生活，给我不少静定的时刻，不少深刻的反省。我不敢说我因此感悟了部分的真理，或是取得了若干的智慧；我只能说我因此与实际生活更深了一层的接触，益发激动我对于人生种种好奇的探讨，益发使我惊讶这迷谜的玄妙，不但死是神奇的现象，不但生命与呼吸是神奇的现象，就连日常的生活与习惯与迷信，也好像放射着异样的光闪，不容我们擅用一两个形容词来概状，更不容我们昌言什么主义来抹煞——一个革新者的热心，碰着了实在的寒冰！

六

我在我的日记里翻出一封不曾写完不曾付寄的信，是我祖母死后第二天的早上写的。我那时在极强烈的极鲜明的时刻内，很想把那几日经过感想与疑问，痛快的写给一个同情的好友，使他在数千里外也能分尝我强烈的鲜明的感情。那位同情的好友我选中了通伯，但那封信却只起了一个呆重的头，一为丧中忙，二为我那时眼热不耐用心，始终不曾写就，一直捱到现在再想补写，恐怕强烈已经变弱，鲜明已经透暗，逃亡的因逋，不易追获的了。我现在把那封残信录在这里，再来追摹当时的情景。

通伯：

我的祖母死了！从昨夜十时半起，直到现在，满屋子只是号啕呼抢的悲音。与和尚道士女僧的礼忏鼓磬声。二十年前祖父丧时的情景。如今又在眼前了。忘不了的情景！你愿否听我讲些？

我一路回家，怕的是也许已经见不到老人，但老人却在生死的交关仿佛存心的弥留着，等待她最钟爱的孙儿——即不能与他开言诀别，也使他尚能把握她依然温暖的手掌，抚摩她依然跳动着的胸怀。凝视她依然能自开自阖虽则不再能表情的目睛。她的病是脑充血的一种，中医称为"卒中"（最难救的中风）。她十日前在暗房里蹒仆倒地，从此不再开口出言，登仙似的结束了她八十四年的长寿，六十年良妻与贤母的辛勤，她现在已经永远的脱辞了烦恼的人间，还归她清净自在的来处。我们承受她一生的厚爱与荫泽的儿孙，此时亲见，将来追念，她最后的神化，不能自禁中怀的摧痛，热泪暴雨似的盆涌，然痛心中却亦隐有无穷的赞美，热泪中依稀想见她功成德备的微笑，无形中似有不朽的灵光，永远的临照她绵衍的后裔……

七

旧历的乞巧那一天，我们一大群快活的游踪，驴子灰的黄的白的，轿子四个脚夫抬的，正在山海关外，迂回的，曲折的绕登角山的栖贤寺，面对着残圮的长城，巨虫似的爬山越岭，隐入烟霭的迷茫。那晚回北戴河海滨住处，已经半夜，我们还打算天亮四点钟上莲峰山去看日出，我已经快上床，忽然想起了，出去问有信没有，听差递给我一封电报，家里来的四等电报。我就知道不妙，果然是"祖母病危速回"！我当晚就收拾行装，赶早上六时车到天津，晚上才上津浦快车。正嫌路远车慢，半路又为水发冲坏了轨道过不去，一停就停了十二点钟有余，在车里多过了一夜，直到第三天的中午方才过江上沪宁车。这趟车如其准点到上海，刚好可以接上沪杭的夜车，谁知道又误了点，误了不多不少的一分钟，一面我们的车进站，他们的车头乌的一声叫，别断别断的去了！我若然是空身子，还可以冒险跳车，偏偏我的一双手又被行李雇定了，所以只得定着眼睛送它走。

所以直到八月二十二日的中午我方才到家。我给通伯的信说"怕是已经见不着老人"，在路上那几天真是难受，缩不短的距离没有法子，但是那急人的水发，急人的火车，几面凑拢来，叫我整整的迟一昼夜到家！试想病危了的八十四岁的老人，这二十四点钟不是容易过的，说不定她刚巧在这个期间内有什么动静，那才叫人抱憾哩！但是结果还算没有多大的差池——她老人家还在生死的交关等着！

八

奶奶——奶奶——奶奶！奶——奶！你的孙儿回来了，奶奶！没有回音。老太太阖着眼，仰面躺在床里，右手拿着一把半旧的雕翎扇很自在的扇动着。老太太原来就怕热，每年暑天总是扇子不离手的，那几天又是特别的热。这还不是好好的老太太，呼吸顶匀净的，定是睡着了，谁说危险！奶奶，奶奶！她把扇子放下了，伸手去摸着头顶上挂着的冰袋，一把抓得紧紧的，呼了一口长气，像是暑天赶道儿的喝了一碗凉汤似的，这不是她明明的有感觉不是？我把她的手拿在我的手里，她似乎感觉我手心的热，可是她也让我握着，她开眼了！右眼张得比左眼开些，瞳子却是发呆，我拿手指在她的眼前一挑，她也没有瞬，那准是她瞧不见了——奶奶，奶奶——她也真没有听见，难道她真是病了，真是危险，这样爱我疼我宠我的好祖母，难道真会得……我心里一阵的难受，鼻子里一阵的酸，滚热的眼泪就迸了出来。这时候床前已经挤满了人，我的这位，我的那位，我一眼看过去，只见一片惨白忧愁的面色，一双双装满了泪珠的眼眶。我的妈更看的憔悴。她们已经伺候了六天六夜，妈对我讲祖母这回不幸的情形，怎样的她夜饭前还在大厅上吩咐事情，怎样的饭后进房去自己擦脸，不知怎样的闪了下去，外面人听着响声才进去，已经是不能开口了，怎样的请医生，一直到现在还没有转机……

一个人到了天伦骨肉的中间，整套的思想情绪，就变换了式样与颜色。你的不自然的口音与语法没有用了；你的耀眼的袍服可以不必穿了；你的洁白的天使的翅膀，预备飞翔出人间到天堂的，不便在你的慈母跟前自由的开豁；你的理想的楼台亭阁，也不易轻易的放进这二百年的老屋；你的佩剑，要塞，以及种种的防御，在争竞的外界即使是必要的，到此只是可笑的累赘。在这里，不比在其余的地方，他们所要求于你的，只是随熟的声音与笑貌，只是好的，纯粹的本性，只是一个没有斑点子的赤裸裸的好心。在这些纯爱的骨肉的经纬中心，不由得你不从你的天性里抽出最柔糯亦最有力的几缕丝线来加密或是缝补这幅天伦的结构。所以我那时坐在祖母的床边，含着两朵热泪，听母亲叙述她的病况，我脑中发生了异常的感想，我像是至少逃回了二十年的光阴，正如我膝前子侄辈一般的高矮，回复了一片纯朴的童真，早上走来祖母的床前，揭开帐子叫一声软和的奶奶，她也回叫了我一声，伸手到里床去摸给我一个蜜枣或是三片状元糕，我又叫了一声奶奶，出去玩了，那是如何可爱的辰光，如何可爱的天真，但如今没有了，再也不回来了。现在床里躺着的，还不是我的亲爱的祖母，十个月前我伴着到普陀登山拜佛清健的祖母，但现在何以不再答应我的呼唤，何以不再能表情，不再能说话，她的灵性那里去了，她的灵性那里去了？

九

一天，一天，又是一天——在垂危的病榻前过的时刻，不比平常飞驶无碍的光阴，时钟上同样的一声的嗒，直接的打在你的焦急的心里，给你一种模糊的隐痛——祖母还是照样的眠着，右手的脉自从起病以来已是极微仅有的，但不能动弹的却反是有脉的左侧，右手还是不时在挥扇，但她的呼吸还是一例的平匀，面容虽不免瘦削，光泽依然不减，并没有显著的衰象，所以我们在旁边看她的，差不多每分钟都盼望她从这长期的睡眠中醒来，打一个哈欠，就开眼见人，开口说话——果然她醒了过来，我们也不会觉得离奇，像是原来应当似的。但这究竟是我们亲人绝望中的盼望，实际上所有的医生，中医，西医，针医，都已一致的回绝，说这是"不治之症"，中医说这脉象是凭证，西医说脑壳里血管破裂，虽则植物性机能——呼吸，消化——不曾停止，但言语中枢已经断绝——此外更专门更玄学更科学的理论我也记不得了。所以暂时不变的原因，就在老太太本来的体元太好了，拳术家说的"一时不能散工"，并不是病有转机的兆头。

我们自己人也何尝不明白这是个绝症；但我们却总不忍自认是绝望：这"不忍"便是人情。我有时在病榻前，在凄悒的静默中，发生了重大的疑问。科学家说人的意识与灵感，只是神经系最高的作用，这复杂，微妙的机械，只要部分有了损伤或是停顿，全体的动作便发生相当的影响；如其最重要的部分受了扰乱，他不是变成反常的疯癫，便是完全的失去意识。照这一说，体即是用，离了体即没有用；灵魂是宗教家的大谎，人的身体一死什么都完了。这是最干脆不过的说法，我们活着时有这样有那样已经尽够麻烦，尽够受，谁还有兴致，谁还愿意到坟墓的那一边再去发生关系，地狱也许是黑暗的，天堂是光明的，但光明与黑暗的区别无非是人类专擅的假定，我们只要摆脱这皮囊，还归我清静，我就不愿意头戴一个黄色的空圈子，合着手掌跪在云端里受罪！

再回到事实上来，我的祖母——一位神智最清明的老太太——究竟在那里？我既然不能断定因为神经部分的震裂她的灵感性便永远的消灭，但同时她又分明的失却了表情的能力，我只能设想她人格的自觉性，也许比平时消滃了不少，却依旧是在着，像在梦魇里将醒未醒时似的，明知她的儿女孙曾不住的叫唤她醒来，明知她即使要永别也总还有多少的嘱咐，但是可怜她的眼球再不能反映外界的印象，她的声带与口舌再不能表达她内心的情意，隔着这脆弱的肉体的关系，她的性灵再不能与她最亲的骨肉自由的交通——也许她也在整天整夜的伴着我们焦急，伴着我们伤心，伴着我们出泪，这才是可怜，这才真叫人悲戚哩！

十

到了八月二十七那天，离她起病的第十一天，医生吩咐脉象大大的变了，叫我们当心，这十一天内每天她只咽入很困难的几滴稀薄的米汤，现在她的面上的光泽也不如早几天了，她的目眶更陷落了，她的口部的筋肉也更宽弛了，她右手的动作也减少了，即使拿起了扇子也不再能很自然的扇动了——她的大限的确已经到了。但是到晚饭后，反是没有什么显象。同时一家人着了忙，准备寿衣的，准备冥银的，准备香灯等等的。我从里走出外，又从外走进里，只见匆忙的脚步与严肃的面容。这时病人的大动脉已经微细的不可辨，虽则呼吸还不至怎样的急促。这时一门的骨肉已经齐集在病房里，等候那不可避免的时刻。到了十时光景，我和我的父亲正坐在房的那一头一张床上，忽然听得一个哭叫的声音说——"大家快来看呀，老太太的眼睛张大了！"这尖锐的喊声，仿佛是一大桶的冰水浇在我的身上，我所有的毛管一齐竖了起来，我们踉跄的奔到了床前，挤进了人群。果然，老太太的眼睛张大了，张得很大了！这是我一生从不曾见过，也是我一辈子忘不了的眼见的神奇。（恕罪我的描写！）不但是两眼，面容也是绝对的神变了（transfigured）：她原来皱缩的面上，发出一种鲜润的彩泽，仿佛半瘀的血脉，又一度满充了生命的精液，她的口，她的两颊，也都回复了异样的丰润；同时她的呼吸渐渐的上升，急进的短促，现在已经几乎脱离了气管，只在鼻孔里脆响的呼出了。但是最神奇不过的是一只眼睛！她的瞳孔早已失去了收敛性，呆顿的放大了。但是最后那几秒钟！不但眼眶是充分的张开了，不但黑白分明，瞳孔锐利的紧敛了，并且放射着一种不可形容，不可信的辉光，我只能称他为"生命最集中的灵光"！这时候床前只是一片的哭声，子媳唤着娘，孙子唤着祖母，婢仆争喊着老太太，几个稚龄的曾孙，也跟着狂叫太太……但老太太最后的开眼，仿佛是与她亲爱的骨肉，作无言的诀别，我们都在号泣的送终，她也安慰了，她放心的去了。在几秒时内，死的黑影已经移上了老人的面部，遏灭了生命的异彩，她最后的呼气，正似水泡破裂，电光杳灭，菩提的一响，生命呼出了窍，什么都止息了。

十一

我满心充塞了死象的神奇，同时又须顾管我有病的母亲，她那时出性的号咷，在地板上滚着，我自己反而哭不出来；我自己也觉得奇怪，眼看着一家长幼的涕泪滂沱，耳听着狂沸似的呼抢号叫，我不但不发生同情的反应，却反而达到了一个超感情的，静定的，幽妙的意境，我想象的看见祖母脱离了躯壳与人间，穿着雪白的长袍，冉冉的上升天去，我只想默默的跪在尘埃，赞美她一生的功德，赞美她一生的圆寂。这是我的设想！我们内地人却没有这样纯粹的宗教思想；他们的假定是不论死的是高年厚德的老人或是无知无惫的幼孩，或是罪大恶极的凶人，临到弥留的时刻总是一例的有无常鬼，摸壁鬼，牛头马面，赤发獠牙的阴差等等到门，拿着镣链枷锁，来捉拿阴魂到案。所以烧纸帛是平他们的暴戾，最后的呼抢是没奈何的诀别。这也许是大部分临死时实在的情景，但我们却不能概定所有的灵魂都不免遭受这样的凌辱。譬如我们的祖老太太的死，我只能想象她是登天，只能想象她慈祥的神化——像那样鼎沸的号啕，固然是至性不能自禁，但我总以为不如匐伏隐泣或祷默，较为近情，较为合理。

理智发达了，感情便失了自然的浓挚；厌世主义的看来，眼泪与笑声一样是空虚的，无意义的。但厌世主义姑且不论，我却不相信理智的发达，会得妨碍天然的情感；如其教育真有效力，我以为效力就在剥削了不合理性的"感情作用"，但决不会有损真纯的感情；他眼泪也许比一般人流得少些，但他等到流泪的时候，他的泪才是应流的泪。我也是智识愈开流泪愈少的一个人，但这一次却也真的哭了好几次。一次是伴我的姑母哭的，她为产后不曾复元，所以祖母的病一直瞒着她，一直到了祖母故后的早上方才通知她。她扶病来了，她还不曾下轿，我已经听出她在啜泣，我一时感觉一阵的悲伤，等到她出轿放声时，我也在房中嘘唏不住。又一次是伴祖母当年的赠嫁婢哭的。她比祖母小十一岁，今年七十三岁，亦已是个白发的婆子，她也来哭她的"小姐"，她是见着我祖母的花烛的唯一个人，她的一哭我也哭了。

再有是伴我的父亲哭的。我总是觉得一个身体伟大的人，他动情感的时候，动人的力量也比平常人伟大些。我见了我父亲哭泣，我就忍不住要伴着淌泪。但是感动我最强烈的几次，是他一人倒在床里，反复的啜泣着，叫着妈，像一个小孩似的，我就感到最热烈的伤感，在他伟大的心胸里浪涛似的起伏，我就感到母子的感情的确是一切感情的起源与总结，等到一失慈爱的荫蔽，仿佛一生的事业顿时莫有了根柢，所有的快乐都不能填平这唯一的缺陷；所以他这一哭，我也真哭了。

但是我的祖母果真是死了吗？她的躯体是的。但她是不死的。诗人勃兰恩德（Bryant）说：

So live，that when thy summons comes to join the innumerable caravan，which moves to that mysterious realm where each one takes his chamber in the silent halls of death，then go not，like the quarry slave at night scourged to his dungeon，but sustained and soothed.

By an unfaltering truth，approach thy grave like one that wraps the drapery of his couch，about him，and lies down to pleasant dreams.

如果我们的生前是尽责任的，是无愧的，我们就会安坦的走近我们的坟墓，我们的灵魂里不会有惭愧或悔恨的啮痕。人生自生至死，如勃兰恩德的比喻，真是大队的旅客在不尽的沙漠中进行，只要良心有个安顿，到夜里你卧倒在帐幕里也就不怕噩梦来缠绕。

我的祖母，在那旧式的环境里，到我们家来五十九年，真像是做了长期的苦工，她何尝有一日的安闲，不必说子女的嫁娶，就是一家的柴米油盐，扫地抹桌，那一件事不在八十岁老人早晚的心上！我的伯父快近六十岁了，但他的起居饮食，还差不多完全是祖母经管的，初出世的曾孙如其有些身热咳嗽，老太太晚上就睡不安稳；她爱我宠我的深情，更不是文字所能描写；她那深厚的慈荫，真是无所不包，无所不蔽。但她的身心即使劳碌了一生，她的报酬却在灵魂无上的平安；她的安慰就在她的儿女孙曾，只要我们能够步她的前例，各尽天定的责任，她在冥冥中也就永远的微笑了。

十一月二十四日

三 死

郑振铎

日间，工作得很疲倦，天色一黑便去睡了。也不晓得是多少时候了，仿佛在梦中似的，房门外游廊上，忽有许多人的说话声音：

"火真大，在对面的山上呢。"

"听说是一个老头子，八十多岁了，住在那里。"

"看呀，许多人都跑去了，满山都是灯笼的光。"

如秋夜的淅沥的雨点似的，这些话一句句落在耳中。"疲倦"紧紧的把双眼握住，好久好久才能张得开来，忽忽的穿了衣服，开了房门出去。满眼的火光！在对面，在很远的地方，然全山都已照得如同白昼。

"好大的火光！"我惊诧的说。

心南先生的全家都聚在游廊上看，还有几个女佣人，谈话最勇健，她们的消息也最灵通。

"已经熄下去了，刚才才大呢；我在后房睡，连对面墙上都满映着火光，我还当作是很近，吃了一个大惊。"老伯母这样的说。"听说是一间草屋，有一个八十多岁的老头子住在那里，不晓得怎么样了？"她轻柔的叹了一口气。

江妈说道："听说已经死了，真可怜，他已经走不动了，天天有人送饭给他吃，不知今晚为什么会着火？"

"听说是油灯倒翻了。"刘妈插嘴说。

丁丁的清脆的伐竹的声音由对山传出，火光中，人影幢幢的往来。渐渐的有人执着灯笼散回去了。

"火快熄了，警察在斫竹，怕它延烧呢。"

"一个灯笼，两个灯笼，三个灯笼，都走到山下去了，那边还有几个在走着呢。"依真指点的嚷着说。在山中，夜行者非有灯笼不可；我们看不见人，只看见灯光移动，便知道是一个人在走着了。

"到底那老人家死了没有呢，你们去问问看。"老伯母不能安心的说道。

"听说已死了。"几个女佣抢着说。

丁丁的伐竹声渐渐的稀疏了，灯笼的光也不大见了，火光更微弱了下去。

"去睡吧。"这个声音如号令似的，使大家都进了自己的房门。我又闭了眼竭力想续前面的甜甜的睡眠。

几个女佣还在廊前健谈不已，他们很大的语声，如音乐似的，把我催眠着。其初，还很清晰的听见她们的话语，后来，朦胧了，朦胧了如蚊蝇之喧声似的；再后，我便睡着了。

第二天，许多人的唯一谈话资料，便是那个不幸的老翁。

"那老人家是为王家看山的。到山已经有五六十年了，他来时，莫干山还没有外国人呢。"

"他是福建人。二十多岁时，不知道为了什么事，由家乡出来，就住在山上了。一直有六十年没有离开过这里。他可算是这山上最老的人了。"

"听说，他近五六年来，走路不大灵便，都由一个姓杨的家里，送东西给他吃。"

约略的，由几个女佣的口中，知道了这位老翁的生平。下午，楼下的仆人说，老翁昨夜并没有烧死。他见火着了，便跑了出来，后来，因为棉被衣物还没有取出，便又进去了两次去取这些东西，便被火灼伤了，直到了今早才死去。

"听说，杨家的太太出了五十块钱，还有别的人也凑齐了一笔款子，为他办理后事。"

"听说，尸身还在那里，没有殓呢。"

"不，下午已经抬下山去了。"

隔了两天，对山火场上树了一个杆子，上面有灯，到了晚上，锣钹木鱼之声很响的敲着，全山都可听见，是为这位老翁做佛事了。

这就是这位六十年来的山中最老的居民的结果。

半个月过去了，老翁的事大家已经淡忘。有一天早上，却有几个人运了许多行李到楼下来，女佣们又纷纷的传说，说昨夜又死了两个人。一个是住在山顶某号屋中，只有十七八岁，犯了肺病死的。到山来疗养，还不到两个月。一个是住在下面铁路饭店的，刚来不久，前夜还好好吃着饭，不料昨天便死了。那些行李，是后一个死者的亲属的，他们由上海赶来看他。

不到一刻，死耗便传遍全山了。山上不易得新闻。这些题材乃为众口所宣传，足为好几天的谈话资料。尤其后一个死者，使我们起了个扰动。

"也许是虎列拉，由上海带来的，死得这样快。他的家属，去看了他后，再住到这里，不怕危险么？"我们这几个人如此的提心吊胆着，再三再四的去质问楼下的孙君。他担保说，决没有危险，且决不是虎列拉病死的。我们还不大放心。下午，死者的家属都来了，他们都穿着白鞋。据说，一个是死者的母亲，一个是死者的妻，两个是死者的妾，还加几个小孩，是死者的子女，其余的便是他的丧事经理者。他是犯肺病死了的，在山上已经两个多月了，他的钱不少，据说，是在一个什么银行办事的人。

死者的妻和母，不时的哭着，却不敢大声的哭，因为在旅舍中。据女佣们说，曾有几次，死者的母亲，实在忍不住了，只好跑到山旁的石级上，坐在那里大哭。

第三天，这些人又动身回家了。绝早的，便听见楼下有凄幽的哭泣，只是不敢纵声大哭。太阳在满山照着，许多人都到后面的廊上，倚在红栏杆，看他们上轿。女佣们轻轻的指点说，这是他的大妻，这是他的母亲，这是他的第一妾，第二妾。他们上了山，一转折便为山岩所蔽，不见了。大家也都各去做事。

第二天还说着他们的事。

隔了几天，大家又浑忘了他们。

一九二六年九月六日追记

冥屋

茅　盾

小时候在家乡，常常喜欢看东邻的纸扎店糊"阴屋"以及"船、桥、库"一类的东西。那纸扎店的老板戴了阔铜边的老花眼镜，一面工作一面和那些靠在他柜台前捧着水烟袋的闲人谈天说地，那态度是非常潇洒。他用他那熟练的手指头折一根篾，捞一朵浆糊，或是裁一张纸，都是那样从容不迫，很有艺术家的风度。

两天或三天，他糊成一座"阴屋"。那不过三尺见方，两尺高。但是有正厅，有边厢，有楼，有庭园；庭园有花坛，有树木。一切都很精致，很完备。厅里的字画，他都请教了镇上的画师和书法家。这实在算得一件"艺术品"了。手工业生产制度下的"艺术品"！

它的代价是一块几毛钱。

去年十月间，有一家亲戚的老太太"还寿经"。① 我去"拜揖"，盘桓了差不多一整天。我于是看见了大都市上海的纸扎店用了怎样的方法糊"阴屋"以及"船、桥、库"了！亲戚家所定的这些"冥器"，共值

---

① 还寿经：为了表示儿子的孝心，在父母寿辰时（大概是五十以后逢十的寿辰）请和尚念经，叫做"还寿经"，这是嘉兴、潮州一带的风俗。

洋四百余元；"那是多么繁重的工作！"——我心里这么想。可是这么大的工程还得当天现做，当天现烧。并且离烧化前四小时，工程方才开始。女眷们惊讶那纸扎店怎么赶得及，然而事实上恰恰赶及那预定的烧化时间。纸扎店老板的精密估计很可以佩服。

我是看着这工程开始，看着它完成；用了和儿时同样的兴味看着。

这仍然是手工业，是手艺，毫不假用机械；可是那工程的进行，在组织上，方法上，都是道地的现代工业化！结果，这是商品；四百余元的代价！

工程就在做佛事的那个大寺的院子里开始。动员了大小十来个人，作战似的三小时的紧张！"船"是和我们镇上河里的船一样大，"桥"也和镇上的小桥差不多，"阴屋"简直是上海式的三楼三底，不过没有那么高。这样的大工程，从扎架到装潢，一气呵成，三小时的紧张！什么都是当场现做，除了"阴屋"里的纸糊家具和摆设。十来个人的总动员有精密的分工，紧张联系的动作，比起我在儿时所见那故乡的纸扎店老板捞一朵浆糊，谈一句闲天，那种悠游从容的态度来，当真有天壤之差！"艺术制作"的兴趣，当然没有了；这十几位上海式的"阴屋"工程师只是机械地制作着。一忽儿以后，所有这些船、桥、库、阴屋，都烧化了；而曾以三小时的作战精神制成了它们的"工程师"，仍旧用了同样的作战的紧张帮忙着烧化。

和这些同时烧化的，据说还有半张冥土的房契（留下的半张要到将来那时候再烧）。

时代的印痕也烙在这些封建的迷信的仪式上。

一九三二年十一月十八日

人死观

梁遇春

恍惚前二三年有许多学者热烈地讨论人生观这个问题，后来忽然又都搁笔不说，大概是因为问题已经解决了罢！到底他们的判决词是怎么样，我当时也有些概念，可惜近来心中总是给一个莫明其妙不可思议的烦闷罩着，把学者们拼命争得的真理也忘记了。这么一来，我对于学者们只可面红耳热地认做不足教的蠢货；可是对于我自己也要找些安慰的话，使这彷徨无依黑云包着的空虚的心不至于再加些追悔的负担。人生观中间的一个重要问题不是人生的目的么？可是我们生下来并不是自己情愿的，或者还是万不得已的，所以小孩一落地免不了娇啼几下。既然不是出自我们自己意志要生下来的，我们又怎么能够知道人生的目的呢？湘鄂的土豪劣绅给人拿去游街，他自己是毫无目的，并且他也未必想去明白游街的意义。小河是不得不流自然而然地流着，它自身却什么意义都没有，虽然它也曾带瓣落花到汪洋无边的海里，也曾带爱人的眼泪到他的爱人的眼前。勃浪宁把我们比做大匠轮上滚成的花瓶。我客厅里有一个假康熙彩的大花瓶，我对它发呆地问它的意义几百回，它总是呆呆地站着，说不出一句话来。但是我却知道花瓶的目的同用处。人生的意义，或者只有上帝才晓得吧！还有些半疯不疯的哲学家高唱"人生本无意义，让我们自己做些意义"。梦是随人爱怎么做就怎么做的，不过我想梦最终脱不了是一个梦罢，黄粱不会老煮不熟的。

生不是由我们自己发动的，死却常常是我们自己去找的。自然在世界上多数人是"寿终正寝"的，可是自杀的也不少，或者是因为生活的压迫，也有是怕现在的快乐不能够继续下去而想借死来消灭将来的不幸，像一对夫妇感情极好却双双服毒同尽的（在嫖客娼妓中间更多），这些人都是以口问心，以心问口商量好去找死的。所以死对他们是有意义的，而且他们是看出些死的意义的人。我们既然在人生观这个迷园里走了许久，何妨到人死观来瞧一瞧呢。可惜"君子见其生不忍见其死"，所以学者既不摇旗呐喊在前，高唱各种人死观的论调，青年们也无从追随奔走在后。"天下兴亡，匹夫有责"，因此我做这部人死观，无非出自抛砖引玉的野心，希望能够动学者的心，对人死观也在切实研究之后，下个放之四海而皆准的判断。

若使生同死是我们的父母——不，我们不这样说，我们要征服自然——若使生同死是我们的子女，那么死一定会努着嘴巴抱怨我们偏心，只知道"生"不管"死"，一心一意都花在生上面。真的，不止我们平常时都是想着生。Hazlitt 死时候说"好吧！我有过快乐的一生"。（"Well, I've had a happy life."）他并没想死是怎么一回事。Charlotte Bronte 临终时候还对她的丈夫说："呵，我现在是不会死的，我会不会吗？上帝不至于分开我们，我们是这么快乐。"（"Oh！I am not going to die, am I？

He will not separate us, we have been so happy.")这真是不到黄河心不死。为什么我们这么留恋着生，不肯把死的神秘想一下呢？并且有时就是正在冥想死的伟大，何曾是确实把死的实质拿来咀嚼，无非还是向生方面着想，看一下死对于生的权威。做官做不大，发财发不多，打战打败仗，于是乎叹一口气说："千古英雄同一死！"和"自古皆有死，莫不饮恨而吞声，任他生前何等威风赫赫，死后也是一样的寂寞"。这些话并不是真的对于死有什么了解，实在是怀着嫉妒，心惦着生，说风凉话，解一解怨气。在这里生对死，是借他人之纸笔，发自己之牢骚。死是在那里给人利用做抓爆栗子的猫脚爪，生却嬉皮涎脸地站在旁边受用。让我翻一段 Sir W.Raleigh 在《世界史》（*The History of the World*）里的话来代表普通人对于死的观念罢。"只有死才能够使人了解自己，指示给骄傲人看他也不过是个普通人，使他厌恶过去的快乐；他证明富人是个穷光蛋，除拥塞在他口里的沙砾外，什么东西对他都没有意义；当他举起他的镜在绝色美人面前，她们看见承认自己的毛病同腐朽。呵！能够动人，公平同有力的死呀，谁也不能劝服的你能够说服；谁也不敢想做的事，你做了；全世界所谄媚的人，你把他掷在世界以外，看不起他：你曾把人们的一切伟大，骄傲，残忍，雄心集在一块，用小小两个字'躺在这里'盖尽一切。"这里所说的是平常人对于死的意见，不过用伊利沙伯时代文体来写壮丽点，但是我们若使把它细看一番，就知道里头只含了对生之无常同生之无意义的感慨，而对着死国里的消息并没有丝毫透露出来。所以倒不如叫做生之哀辞，比死之冥想还好些。一般人口头里所说关于死的思想，剥蕉抽茧看起来，中间只包了生的意志，哪里是老老实实的人死观呢。

庸人不足论，让我们来看一看沉着声音，两眼渺茫地望着青天的宗教家的话。他们在生之后编了一本《续编》，天堂地狱也不过如此如此。生与死给他们看来好似河岸的风景同水中反映的影景一样，不过映在水中的经过绿水特别具一种漂渺空灵之美。不管他们说的来生是不是镜花水月，但是他们所说死后的情形太似生时，使我们心中有些疑惑。因为若使死真是不过一种演不断的剧中一会的闭幕，等会笛鸣幕开，仍然续演，那么死对于我们绝对不会有这么神秘似的，而幽明之隔，也不至于到现在还没有一线的消息。科学家对死这问题，含糊说了两句不负责任的话，而科学家却常常仍旧安身立命于宗教上面。而宗教家对死又是不敢正视，只用着生的现象反映在他们西洋镜，做成八宝楼台。说来说去还在执着人生观，用遁词来敷衍人死观。

还有好多人一说到死就只想将死时候的苦痛。George Gissing 在他的《草堂随笔》(*The Private Papers of Henry Ryrcroft*) 说生之停止不能够使他恐怖，在床上久病却使他想起会害怕。当该萨 Caesar 被暗杀前一夕，有人问哪种死法最好，他说"要最仓猝迅速的"。(That which should be most sudden！) 疾病苦痛是生的一部分，同死的实质满不相干。以上这两位小窃军阀说的话还是人生观，并不能对死有什么真了解。

为什么人死观老是不能成立呢？为什么谁一说到死就想起生，由是眼睛注着生噜噜说一阵遁辞，而不抓着死来考究一下呢？约翰生 (Johnson) 曾对 Boswell 说："我们一生只在想离开死的思想。"(The whole of life is but keeping away the thought of death.) 死是这么一个可怕着摸不到的东西，我们总是设法回避它，或者将生死两个意义混起，做成一种骗自己的幻觉。可是我相信死绝对不是这么简单乏味的东西。Andreyev 是窥得点死的意义的人。他写 Lazarus 来象征死的可怕，写《七个缢死的人》(*The seven that were hanged*) 来表示死对于人心理的影响。虽然这两篇东西我们看着都会害怕，它们中间都有一段新奇耀目的美。Christina Rossetti，Edgar Allan Poe，Ambrose Bieree 同 Lord Dunsang 对着死的本质也有相当的了解，所以他们著作里面说到死常常有种凄凉灰白色的美。有人解释 Andreyev，说他身旁四面都被围墙围着，而在好多墙之外有一个一切墙的墙——那就是死。我相信在这一切墙的墙外面有无限的风光，那里有说不出的好境，想不来的情调。我们对生既然觉得二十四分的单调同乏味，为什么不勇敢地放下一切对生留恋的心思，深深地默想死的滋味。压下一切懦弱无用的恐怖，来对死的本体睁着细看一番。我平常看到骸骨总觉有一种不可名言的痛快，它是这么光着，毫无所怕地站在你面前。我真想抱着它来探一探它的神秘，或者我身里的骨，会同它有共鸣的现象，能够得到一种新的发现。骸骨不过是死宫的门，已经给我们这种无量的欢悦，我们为什么不漫步到宫里，看那千奇百怪的建筑呢。最少我们能够因此遁了生之无聊 (ennui) 的压迫，De Quincy 只将"猝死""暗杀"……当作艺术看，就现出了一片瑰奇伟丽的境界。何况我们把整个死来默想着呢？来，让我们这会死的凡人来客观地细玩死的滋味：我们来想死后灵魂不灭，老是这么活下去，没有了期的烦恼；再让我们来细味死后什么都完了，就归到没有了的可哀；永生同灭绝是一个极有趣味的 dilemma，我们尽可和死亲昵着，赞美这个

dilemma 做得这么完美无疵，何必提到死就两对牙齿打战呢？人生观这把戏，我们玩得可厌了，换个花头吧，大家来建设个好好的人死观。

在 Carlyle 的 *The life of John Sterling* 中有一封 Sterling 在病快死时候写给 Carlyle 的信，中间说："它（死）是很奇怪的东西，但是还没有旁观者所觉得的可悲的百分之一。" "It is all very strange，but not one hundredth part so sad as it seems to the standers by."

十六年八月三日于福州 Sweet Home

不 死

孙福熙

　　我自幼很爱养小动物，南瓜棚下捉来的络纬娘，养在小竹笼中，给他南瓜花，他碧绿的静在橙黄的花上，用他口旁的四只小脚——我以前这样称他们的——拨动咬下来的花的碎片，放入口中。在河埠头鱼虾船中买物的时候，我总凝神留意，有什么方法可以得到一只小虾一条小鱼，最爱是有花纹的小鱼叫得花罩的一类。我取了来养在碗中盆中，看小鱼的尾巴拨动，有时胸鳍瑟瑟的煽动时竟能毫不前进或退后，也不下沉或上浮，我称为"静牢"的。还有麻雀，蟋蟀，金蛉子等等，我都爱护而乐养的。

　　然而他们都要死，络纬娘与小麻雀常被猫吃去。小鱼们常常不知是什么缘故的浮在水面，白的肚子向上了。蟋蟀金蛉子也是一样，每次养着他们，总是为了种种原因或者还不知是什么原因的死了，至迟养到十月过，他们总必冻得两条大腿直伸而死的。

　　在每次见到这种我所爱养的小动物之死，我必定想，要是他们如我们人的不会死，多少好呢！

七岁以后，我就知道人也是要死的了。我的曾祖母之死是第一次使我有这个智识。然而我毫不畏惧。"临终"时，父亲要我们大家都叫起来，虽然曾祖母总是没有应，我却如对于熟睡的人一样待看，等到这位沉睡的老太太口上积起白沫的时候，我还毫不惊奇的去告诉母亲。后来大家扛了出来，到房门口，两脚向外出来的时候，我正面立着，只听大叫了起来，说小孩走开。因此我觉得这时的曾祖母与以前自己走出来的曾祖母是不同了。然而我没有觉得死之恐怖。当母亲对我说："此后小心些，我要打你的时候，曾祖母不来劝的了！"只有这时使我有些觉得这是我的损失。但并不想到死的本身。此时家中人马很多，种种举动都是未曾前见的。父亲穿了白布大褂去土地庙"烧庙头纸"，成殓的时候又去"买水"，凡署名的地方都称承重孙。这几天内忽然棺材抬到了，忽然用皮纸包起许多包的化石灰，说是放到棺中底部的，忽然园中斫来两株高竹，在屋前对竖起来，挂上灯笼，灯上写着"天灯"。这种一切新鲜景象闹得我颇高兴，而且此后每隔七日道士和尚们烧幡，骂狗，解结，吹法螺，坐乌台等等，于我都是初见，所以虽然是丧家的事，却引得小孩们热闹，不使我起哀死之感。

　　不到一年之后，曾祖父的死临头了。这是吃蟹时节，我还想吃上一餐所剩的蟹，但母亲说："今天曾祖父故了，要斋戒的了。要听话的，他是如此爱你们的！"这一句话还不能使我觉得凛冽，于是照曾祖母死时一样的看丧家的种种热闹。然而，大概因为不觉新奇了之故，我也觉得无聊。而且，家中缺少两位老人以后，冷落多了，况且家景也渐萧条，我就不自知的把一切冷漠归原于死，从此渐知死的悲哀了。

九岁的春季，我已寄宿在人家读书。一个晚上，我回到家中来，父亲病睡着，阶前石凳上放着园中拔来的草药"金钥匙"，母亲指着对人说："本来自己有这种草药可用的，后来想起来，已经迟了。"这草药，父亲种着的，说是可医喉痛的。谁用这草药迟了呢？我于好久时间内不见灿弟，还从许多口气中可以听出，一定是他死了！然而我不敢问。父亲只从帐门里探头出来看我一看，母亲问他要留我在家否，他说："还是让他去。这种病是要传染的。"

回到书馆中，我伏在书案边大哭，同学知道了，就去告诉书馆的女主人们，于是他们拉了我去盘问我，我说，听口气，一定我的弟弟死了。

只隔了三天，四月初一的半夜中，忽然有人叫醒我，说家里有人来叫，要我就回去。我眼光还未清醒的出来，见来的是剃头司务七十。他说敲门很久，里面因为大雨不易听到。他指示门上，说他用砖块敲门，敲破了好几块。确实的，门上留着许多痕迹。

他蹲倒来，要我在他背后抱住他的项颈，他立起来，又张伞我的顶上，在大雨中背了我回家来了。

母亲引我到房中床前，对直挺的睡着的父亲说："阿文回来了！"转过头来对我说，"叫爹呀，阿文回来了！"

这样的叫几声，没有回音，而大家又引开我了。他们给我穿上白衣，又由七十司务陪我到土地庙去"烧庙头纸"。如曾祖母死时父亲所做者一样。将要到庙的时候，雨后积水的路中，在黑暗里，一匹白马挡住我的去路。我幼年时是很怕马的，所以凛凛然的以为这必与父亲之死有同一原因的。在庙中烧过纸，要我到柱上去摸三下，据说这样可以解脱父亲，死后的人被鬼神逮去，一定系在柱上的。此时死之畏惧已十分紧压九岁半小孩的心了。

在灵堂的白布后面，父亲长睡在板上，母亲，坐在低凳上抱了澄弟守灵，我看着父亲的尸体，又看看母亲与弟弟，这时除这两方以外什么东西都不在我注意中了。母亲稍带呜咽的对我说："以后做人处处要小心，你们是没有父亲的小孩子。"呵，没有父亲的小孩是要处处小心的！我寒战了。

父亲于上一年所种的牡丹花盛开着，但他自己没有看到这花的盛开。但因是大雨之后，花叶都低首了，在这景象中，我的哥与我匍匐着，回礼于成班来吊的人，但我们还开始担负家庭的困苦，有如匍匐着的看成班的人进来讨债，搬东西，而且很很的欺侮我们。

丧事完了，哥又往城外十里的乡校读书，而我也去了。家中留着的只有母亲与不满三岁的澄弟。我们在学校，每望见城中火起的时候，必定相信我家也遭劫；如果报上见到城中发生瘟疫，必定相信我家传染了。每三五礼拜回来一次时，戚戚的怕走进屋来看见不幸的景象，春秋则阴雨的凄切，夏季则猛烈的太阳，院中花坛泥地如白蚁吃过的书页的碎裂。当走进屋不见澄弟时，就猜已如灿弟的死了。母亲大概是知道我们的意思的，立刻说澄弟是睡着。久远的挂念到此时算完全放心了，但只有一天可以保持，明天再往学校时，挂念又要开始了。

　　每当初夏回来的时候，晚间天渐渐的暗起来，室内便渐渐的阴森，南风吹来，闹营营的市声中辨别得出人的叫喊与狗的狂吠。母亲总说："声音这样的扰，一定时势要不太平了。外边时疫极盛，你们走来走去小心些！"阴森之气愈盛了。当母亲拿了煤油灯走向灶间去的时候，正屋中只有两条草芯点的菜油灯盏的，橄榄核的一粒火，照不出对面的面貌的；所以我们就都跟了母亲走，母亲称我们为熟荸荠串进串出的。经过檐前，母亲手中的灯光投射阶前石凳上的花草与院中的桂花的影子到灶间壁上，如大树的幽暗森林。灯渐移过去。花影也渐渐的从花坛边至照墙至仓间，愈移动愈觉深不可测。

　　我不知道哥与我在学校时的家庭更是如何的寂寞的。

　　暑假时节，哥与我都在家中。一个晚上将睡的时候，我忽然发见我右手脉上有一条红线，从掌边至小臂中部，约有三寸之长，隐约的在皮肤之下。这时节城中正闹"红丝疔疮"传染病，听说这病像是有一条红丝从手臂延长，通过心中，再延至他臂，病者就死了。但也有只到心窝就死的。红丝的延长是很快的，有如太阳光的可以看出微微的移动过去的地位。虽然走得很微，小小一个人，从手到心的一点路，有多少时间可走呢！但据说只要用鲜枣在红丝头上擦起来，就不长上去了。于是哥黑夜赶到市上去买枣子。

哥急急的回来，说买不到枣子，水果店都已关门，不肯开了，说卖鲜枣的节气已过了。但想到或者干的红枣也可用的，所以去敲南货铺的门，因为声明是去医疗疮的，才肯起来开门。

大家忙了一大阵，所谓大家者只是母亲哥哥与初学步的澄弟而已，总算毫无不适而红丝渐渐淡下去了。

于是一家四人如旧保全了。

澄弟十周岁以后的夏天，我到以前读书的乡校当教员去了，他同我去读书。大概只过了一月余，他病了。我送他回来以后就想往校，因母亲之留，在家只住了几天。等第二礼拜来城时，澄弟已黄瘦万分，口唇与舌苔全焦裂，如久晒太阳的一块墨，回想当母亲还要留我而我一定要到学校去的时节，澄弟在床中微微转过头来说："我有病着，你还一定要去！"我以前似乎是勇于为公，到了这时知道成为不可追悔的错误了。

澄弟死了，放在堂屋地面的门板上，我们陪着，哥含泪执笔追记澄弟生来的聪颖与种种困苦艰难。

我开门到外边去小便，微寒的大气照在清白的月光中。忽然听得照墙暗角中急骤的发声，狗般大的一只野兽爬上墙去。他还回过头来看我。短颈尖嘴，而两只眼睛是圆大的，棍圆的肥大身体，前脚短小而后脚高大的。他从容的走着，似乎在讥诮我是厄运的人。进来时我告诉母亲，她说："野兽的鼻子是很锐的，一定闻着室中有这个了所以来的！"

在里昂，我见到许多使我推究生死问题的事实，但姚君冉秀之死是最大的一件。

在混乱的里昂中法大学学生伍中，姚君毫不分心的自己浸染在学问中。当什么改良膳食运动的时候，大家屏拒学校的饭菜而各自往外间饭店去吃。忠厚的姚君少出门，不知道饭店之所在的，但不愿破坏团体之所为，于是饿着无处吃饭了，后来幸亏有人见到了，始同他去吃的。

然而天是最会欺侮善人的，他病了，一病竟死了。

当我去医院里看他的时候，他已瘦得如铁棒的了，他说要我画相。但立即声明是要等病愈后回复原状时。

此后我所见的仍是这种样子，但已是死的了。当大家为他照相为他成殓的时候，竭力的想给他安适，给他光荣。然而我知道，棺材的漆如何的黄亮，衬褥的绸缎如何的美丽，都不是姚君所计较的。

我相信在死边上走过一趟的人必更能懂得生的意义。我虽没有走到死边，但体味他人之死已不少了。我从他们的死归纳而得我自己以至于一切人的死。于是我好比深坑在我后边的只知往前走。这样，我得到许多印象，觉得我们确实是不死的。真奇怪，因为怕死惯了，反觉得是永远不死的了，这是怎么的呢？

一九二六年六月六日

梦

第三辑

听说梦

鲁 迅

做梦，是自由的，说梦，就不自由。做梦，是做真梦的，说梦，就难免说谎。

大年初一，就得到一本《东方杂志》新年特大号，临末有"新年的梦想"，问的是"梦想中的未来中国"和"个人生活"，答的有一百四十多人。记者的苦心，我是明白的，想必以为言论不自由，不如来说梦，而且与其说所谓真话之假，不如来谈谈梦话之真，我高兴的翻了一下，知道记者先生却大大的失败了。

当我还未得到这本特大号之前，就遇到过一位投稿者，他比我先看见印本，自说他的答案已被资本家删改了，他所说的梦其实并不如此。这可见资本家虽然还没法禁止人们做梦，而说了出来，倘为权力所及，却要干涉的，决不给你自由。这一点，已是记者的大失败。

但我们且不去管这改梦案子，只来看写着的梦境罢，诚如记者所说，来答复的几乎全部是智识分子。首先，是谁也觉得生活不安定，其次，是许多人梦想着将来的好社会，"各尽所能"呀，"大同世界"呀，很有些"越轨"气息了（末三句是我添的，记者并没有说）。

但他后来就有点"痴"起来，他不知从那里拾来了一种学说，将一百多个梦分为两大类，说那些梦想好社会的都是"载道"之梦，是"异端"，正宗的梦应该是"言志"的，硬把"志"弄成一个空洞无物的东西。然而，孔子曰，"盍各言尔志"，而终于赞成曾点者，就因为其"志"合于孔子之"道"的缘故也。

其实是记者的所以为"载道"的梦，那里面少得很。文章是醒着的时候写的，问题又近于"心理测验"，遂致对答者不能不做出各各适宜于目下自己的职业、地位、身分的梦来（已被删改者自然不在此例），即使看去好像怎样"载道"，但为将来的好社会"宣传"的意思，是没有的。所以，虽然梦"大家有饭吃"者有人，梦"无阶级社会"者有人，梦"大同世界"者有人，而很少有人梦见建设这样社会以前的阶级斗争，白色恐怖，轰炸，虐杀，鼻子里灌辣椒水，电刑……倘不梦见这些，好社会是不会来的，无论怎么写得光明，终究是一个梦，空头的梦，说了出来，也无非教人都进这空头的梦境里面去。

然而要实现这"梦"境的人们是有的，他们不是说，而是做，梦着将来，而致力于达到这一种将来的现在。因为有这事实，这才使许多智识分子不能不说好像"载道"的梦，但其实并非"载道"，乃是给"道"载了一下，倘要简洁，应该说是"道载"的。

为什么会给"道载"呢？曰：为目前和将来的吃饭问题而已。

我们还受着旧思想的束缚，一说到吃，就觉得近乎鄙俗。但我是毫没有轻视对答者诸公的意思的。《东方杂志》记者在《读后感》里，也曾引佛洛伊特的意见，以为"正宗"的梦，是"表现各人的心底的秘密而不带着社会作用的"。但佛洛伊特以被压抑为梦的根柢——人为什么被压抑的呢？这就和社会制度、习惯之类连结了起来，单是做梦不打紧，一说，一问，一分析，可就不妥当了。记者没有想到这一层，于是就一头撞在资本家的朱笔上。但引"压抑说"来释梦，我想，大家必已经不以为忤了罢。

不过，佛洛伊特恐怕是有几文钱，吃得饱饱的罢，所以没有感到吃饭之难，只注意于性欲。有许多人正和他在同一境遇上，就也轰然的拍起手来。诚然，他也告诉过我们，女儿多爱父亲，儿子多爱母亲，即因为异性的缘故。然而婴孩出生不多久，无论男女，就尖起嘴唇，将头转来转去。莫非它想和异性接吻么？不，谁都知道：是要吃东西！

食欲的根柢，实在比性欲还要深，在目下开口爱人，闭口情书，并不以为肉麻的时候，我们也大可以不必讳言要吃饭。因为是醒着做的梦，所以不免有些不真，因为题目究竟是"梦想"，而且如记者先生所说，我们是"物质的需要远过于精神的追求"了，所以乘着 Censors（也引用佛洛伊特语）的监护好像解除了之际，便公开了一部分。其实也是在"梦中贴标语，喊口号"，不过不是积极的罢了，而且有些也许倒和表面的"标语"正相反。

时代是这么变化，饭碗是这样艰难，想想现在和将来，有些人也只能如此说梦，同是小资产阶级（虽然也有人定我为"封建余孽"或"土著资产阶级"，但我自己姑且定为属于这阶级），很能够彼此心照，然而也无须秘而不宣的。

至于另有些梦为隐士，梦为渔樵，和本相全不相同的名人，其实也只是豫感饭碗之脆，而却想将吃饭范围扩大起来，从朝廷而至园林，由洋场及于山泽，比上面说过的那些志向要大得远，不过这里不来多说了。

一月一日

说梦

朱自清

伪《列子》里有一段梦话，说得甚好：

> 周之尹氏大治产，其下趣役者，侵晨昏而不息。有老役夫筋力竭矣，而使之弥勤。昼则呻呼而即事，夜则昏惫而熟寐。精神荒散，昔昔梦为国君：居人民之上，总一国之事；游燕宫观，恣意所欲，其乐无比。觉则复役人。……尹氏心营世事，虑钟家业，心形俱疲，夜亦昏惫而寐。昔昔梦为人仆：趋走作役，无不为也；数骂杖挞，无不至也。眠中啽呓呻呼，彻旦息焉。……

此文原意是要说出"苦逸之复，数之常也；若欲觉梦兼之，岂可得邪？"这其间大有玄味，我是领略不着的；我只是断章取义地赏识这件故事的自身，所以才老远地引了来。我只觉得梦不是一件坏东西。即真如这件故事所说，也还是很有意思的。因为人生有限，我们若能夜夜有这样清楚的梦，则过了一日，足抵两日，过了五十岁，足抵一百岁；如此便宜的事，真是落得的。至于梦中的"苦乐"，则照我素人的见解，毕竟是"梦中的"苦乐，不必斤斤计较的。若必欲斤斤计较，我要大胆地说一句：他和那些在墙上贴红纸条儿，写着"夜梦不祥，书破大吉"的，同样地不懂得梦！

但庄子说道，"至人无梦。"伪《列子》里也说道，"古之真人，其觉自忘，其寝不梦。"——张湛注曰，"真人无往不忘，乃当不眠，何梦之有？"可知我们这几位先哲不甚以做梦为然，至少也总以为梦是不大高明的东西。但孔子就与他们不同，他深以"不复梦见周公"为憾；他自然是爱做梦的，至少也是不反对做梦的。——殆所谓时乎做梦则做梦者欤？我觉得"至人"，"真人"，毕竟没有我们的份儿，我们大可不必妄想；只看"乃当不眠"一个条件，你我能做到么？唉，你若主张或实行"八小时睡眠"，就别想做"至人""真人"了！但是，也不用担心，还有为我们掮木梢的：我们知道，愚人也无梦！他们是一枕黑甜，哼呵到晓，一些儿梦的影子也找不着的！我们徼幸还会做几个梦，虽因此失了"至人""真人"的资格，却也因此而得免于愚人，未尝不是运气。至于"至人""真人"之无梦和愚人之无梦，究竟有何分别？却是一个难题。我想偷懒，还是摭拾上文说过的话来答吧："真人……乃当不眠……"而愚人是"一枕黑甜，哼呵到晓"的！再加一句，此即孔子所谓"上智与下愚不移"也。说到孔子，孔子不反对做梦，难道也做不了"至人""真人"？我说，"唯唯，否否！"孔子是"圣人"，自有他的特殊的地位，用不着再来争"至人""真人"的名号了。但得知道，做梦而能梦周公，才能成其所以为圣人；我们也还是够不上格儿的。

我们终于只能做第二流人物。但这中间也还有个高低。高的如我的朋友P君：他梦见花，梦见诗，梦见绮丽的衣裳……真可算得有梦皆甜了。低的如我：我在江南时，本忝在愚人之列，照例是漆黑一团地睡到天光；不过得声明，哼呵是没有的。北来以后，不知怎样，陡然聪明起来，夜夜有梦，而且不一其梦。但我究竟是新升格的，梦尽管做，却做不着一个清清楚楚的梦！成夜地乱梦颠倒，醒来不知所云，怅然若失。最难堪的是每早将醒未醒之际，残梦依人，腻腻不去；忽然双眼一睁，如坠深谷，万象寂然——只有一角日光在墙上痴痴地等着！我此时决不起来，必凝神细想，欲追回梦中滋味于万一；但照例是想不出，只惘惘然茫茫然似乎怀念着些什么而已。虽然如此，有一点是知道的：梦中的天地是自由的，任你徜徉，任你翱翔；一睁眼却就给密密的麻绳绑上了，就大大地不同了！我现在确乎有些精神恍惚，这里所写的就够教你知道。但我不因此诅咒梦；我只怪我做梦的艺术不佳，做不着清楚的梦。若做着清楚的梦，若夜夜做着清楚的梦，我想精神恍惚也无妨的。照现在这样一大串儿糊里糊涂的梦，直是要将这个"我"化成漆黑一团，却有些儿不便。是的，我得学些本事，今夜做他几个好好的梦。我是彻头彻尾赞美梦的，因为我是素人，而且将永远是素人。

严霜下的梦

茅　盾

　　七八岁以至十一二，大概是最会做梦最多梦的时代罢？梦中得了久慕而不得的玩具；梦中居然离开了大人们的注意的眼光，畅畅快快地弄水弄火；梦中到了民间传说里的神仙之居，满攫了好玩的好吃的。当母亲铺好了温暖的被窝，我们孩子勇敢地钻进了以后，嗅着那股奇特的旧绸的气味，刚合上了眼皮，一些红的、绿的、紫的、橙黄的、金碧的、银灰的，圆体和三角体，各自不歇地在颤动，在扩大，在收小，在漂浮的，便争先恐后地挤进我们孩子的闭合的眼睑；这大概就是梦的接引使者罢？从这些活动的虹桥，我们孩子便进了梦境；于是便真实地享受了梦国的自由的乐趣。

　　大人们可就不能这么常有便宜的梦了。在大人们，夜是白天勤劳后的休息；当四肢发酸，神经麻木，软倒在枕头上以后，总是无端的便失了知觉，直到七八小时以后，苏生的精力再机械地唤醒他，方才揉了揉睡眼，再奔赴生活的前程。大人们是没有梦的！即使有了梦，那也不过是白天忧劳苦闷的利息，徒增醒后的惊悸，像一篇好的悲剧，夸大地描出了悲哀的组织，使你更能意识到而已。即使有了可乐意的好梦，那又还不是睡谷的恶意的孩子们来嘲笑你的现实生活里的失意？来给你一个强烈的对比，使你更能意识到生活的愁苦？

能够真心地如实地享乐梦中的快活的，恐怕只有七八岁以至十一二的孩子罢？在大人们，谁也没有这等廉价的享乐罢？说是尹氏的役夫曾经真心地如实地享受过梦的快乐来，大概只不过是伪《列子》杂收的一段古人的寓言罢哩。在我尖锐的理性，总不肯让我跃进了玄之又玄的国境，让幻想的抚摸来安慰了现实的伤痕。我总觉得，梦，不是来挖深我的创痛，就是来嘲笑我的失意；所以我是梦的仇人，我不愿意晚上再由梦来打搅我的可怜的休息。

但是惯会揶揄人们的顽固的梦，终于光顾了；我连得了几个梦。

——步哨放的多么远！可爱的步哨呵：我们似曾相识。你们和风雨操场周围的荷枪守卫者，许就是亲兄弟？是的，你们是。再看呀！那穿了整齐的制服，紧捏着长木棍子的小英雄，够多么可爱！我看见许多认识的和不认识的面孔，男的和女的，穿便衣的和穿军装的，短衣的和长裤的：脸上都耀着十分的喜气，像许多小太阳。我听见许多方言的急口的说话，我不尽懂得，可是我明白——真的，我从心底里明白他们的意义。

——可不是？我又听得悲壮的歌声，激昂的军乐，狂欢的呼喊，春雷似的鼓掌，沉痛的演说。

——我看见了庄严，看见了美妙，看见了热烈；而且，该是一切好梦里应有的事吧，我看见未来的憧憬凝结而成为现实。

——我的陶醉的心，猛击着我的胸膈。呀！这不客气的小东西，竟跳出了咽喉关，即使我的两排白灿灿的牙齿是那么壁垒森严，也阻不住这猩红的一团！它飞出去了，挂在空间。而且，这分明是荒唐的梦了，我看见许多心都从各人的嘴唇边飞出来，都挂在空间，连结成为红的热的动的一片；而且，我又见这一片上显出字迹来。

——我空着腔子，努力想看明白这些字迹；头是最先看见："中国民族革命的发展"。尾巴也映进了我的眼帘："世界革命的三大柱石"。可是中段，却很模糊了；我继续努力辨识，忽然，轰！屋梁凭空掉下来。好像我也大叫了一声；可是，以后，什么都不知道，什么都已消灭！

我的脸，像受人批了一掌；意识回到我身上；我听得了扑扑的翅膀声，我知道又是那不名誉的蝙蝠把它的灰色的似是而非的翼子搧了我的脸。

"呔！"我不自觉的喊出来。然后，静寂又回复了统治；我只听得那小东西的翅膀在凝冻的空气中无目的地乱扑。窗缝中透进了寒光，我知道这是肃杀的严霜的光，我翻了个身，又沉沉地负气似的睡着了。

——好血腥呀，天在雨血！这不是宋王皮囊里的牛羊狗血，是真正老牌的人血。是男子颈间的血，女人的割破的乳房的血，小孩子心肝的血。血，血！天开了窟窿似的在下血！青绿的原野，染成了绛赤。我撩起了衣裾急走，我想逃避这还是温热的血。

——然后，我又看见了火。这不是 Nero 烧罗马引起他的诗兴的火；这是地狱的火；这是 Surtr 烧毁了空陆冥三界的火！轰轰的火柱卷上天空，太阳骇成了淡黄脸，苍穹涨红着无可奈何似的在那里挺捱。高高的山岩，熔成了半固定质，像饴糖似的软摊开来，填平了地面上的一切坎坷。而我，也被胶结在这坦荡荡的硬壳下。

"呔！"

冷空气中震颤着我这一声喊。寒光从窗缝中透进来，我知道这还是别人家瓦上的严霜的光亮，这不是天明的曙光；我不管事似的又翻了个身，又沉沉的负气似的睡着了。

——玫瑰色的灯光，射在雪白的臂膊上；轻纱下面，颤动着温软的乳房，嫩红的乳头像两粒诱人馋吻的樱桃。细白米一样的齿缝间淌出 Sirens 的迷魂的音乐。可爱的 Valkyrs，刚从血泊里回来的 Valkyrs，依旧是那样美妙！三四辈少年，围坐着谈论些什么；他们的眼睛闪出坚决的牺牲的光。像一个旁观者，我完全迷乱了。我猜不透他们是准备赴结婚的礼堂呢，抑是赴坟墓？可是他们都高兴地谈着我所不大明白的话。

——"到明天……"

——"到明天，我们不是死，就是跳舞了！"

——我突然明白了；同时，我的心房也突然缩紧了；死不是我的事，跳舞有我的份儿么？像小孩子牵住了母亲的衣裾要求带赴一个宴会似的，我攀住了一只臂膊。我祈求，我自讼。我哭泣了！但是，没有了热的活的臂膊，却是焦黑的发散着烂肉臭味的什么了——我该说是一条从烈火里掣出来的断腿罢？我觉得有一股铅浪，从我的心里滚到脑壳。我听见女子的歇斯底里的喊叫，我仿佛看见许多狼，张开了利锯样的尖嘴，在撕碎美丽的身体。我听得愤怒的呻吟。我听得饱足了兽欲的灰色东西的狂笑。

我惊悸地抱着被窝一跳；又是什么都没有了。

呵，还是梦！恶意的揶揄人的梦呵！寒光更强烈的从窗缝里探进头来，嘲笑似的落在我脸上；霜华一定是更浓重了，但是什么时候天才亮呀？什么时候，Aurora 的可爱的手指来赶走凶残的噩梦的统治呀？

一九二八年一月十二日于荷叶地

"住"的梦

老舍

　　在北平与青岛住家的时候，我永远没想到过：将来我要住在什么地方去。在乐园里的人或者不会梦想另辟乐园吧。

　　在抗战中，在重庆与它的郊区住了六年。这六年的酷暑重雾，和房屋的不像房屋，使我会做梦了。我梦想着抗战胜利后我应去住的地方。

　　不管我的梦想能否成为事实，说出来总是好玩的：

　　春天，我将要住在杭州。二十年前，我到过杭州，只住了两天。那是旧历的二月初，在西湖上我看见了嫩柳与菜花，碧浪与翠竹。山上的光景如何？没有看到。三四月的莺花山水如何，也无从晓得。但是，由我看到的那点春光，已经可以断定杭州的春天必定会教人整天生活在诗与图画中的。所以，春天我的家应当是在杭州。

　　夏天，我想青城山应当算作最理想的地方。在那里，我虽然只住过十天，可是它的幽静已拴住了我的心灵。在我所看见过的山水中，只有这里没有使我失望。它并没有什么奇峰或巨瀑，也没有多少古寺与胜迹，可是，它的那一片绿色已足使我感到这是仙人所应住的地方了。到处都是绿，而且都是像嫩柳那么淡，竹叶那么亮，蕉叶那么润，目之所及，那片淡而光润的绿色都在轻轻的颤动，仿佛要流入空中与心中去似的。这个绿色会像音乐似的，涤清了心中的万虑，山中有水，有茶，还有酒。早晚，即使在暑天，也须穿起毛衣。我想，在这里住一夏天，必能写出一部十万到二十万的小说。

假若青城去不成，求其次者才提到青岛。我在青岛住过三年，很喜爱它。不过，春夏之交，它有雾，虽然不很热，可是相当的湿闷。再说，一到夏天，游人来的很多，失去了海滨上的清静。美而不静便至少失去一半的美。最使我看不惯的是那些喝醉的外国水兵与差不多是裸体的，而没有曲线美的妓女。秋天，游人都走开，这地方反倒更可爱些。

不过，秋天一定要住北平。天堂是什么样子，我不晓得，但是从我的生活经验去判断，北平之秋便是天堂。论天气，不冷不热。论吃食，苹果，梨，柿，枣，葡萄，都每样有若干种。至于北平特产的小白梨与大白海棠，恐怕就是乐园中的禁果吧，连亚当与夏娃见了，也必滴下口水来！果子而外，羊肉正肥，高粱红的螃蟹刚好下市，而良乡的栗子也香闻十里。论花草，菊花种类之多，花式之奇，可以甲天下。西山有红叶可见，北海可以划船——虽然荷花已残，荷叶可还有一片清香。衣食住行，在北平的秋天，是没有一项不使人满意的。即使没有余钱买菊吃蟹，一两毛钱还可以爆二两羊肉，弄一小壶佛手露啊！

冬天，我还没有打好主意，香港很暖和，适于我这贫血怕冷的人去住，但是"洋味"太重，我不高兴去。广州，我没有到过，无从判断。成都或者相当的合适，虽然并不怎样和暖，可是为了水仙，素心腊梅，各色的茶花，与红梅绿梅，仿佛就受一点寒冷，也颇值得去了。昆明的花也多，而且天气比成都好，可是旧书铺与精美而便宜的小吃食远不及成都的那么多，专看花而没有书读似乎也差点事。好吧，就暂时这么规定：冬天不住成都便住昆明吧。

在抗战中，我没能发了国难财。我想，抗战结束以后，我必能阔起来，唯一的原因是我是在这里说梦。既然阔起来，我就能在杭州，青城山，北山，成都，都盖起一所中式的小三合房，自己住三间，其余的留给友人们住。房后都有起码是二亩大的一个花园，种满了花草；住客有随便折花的，便毫不客气的赶出去。青岛与昆明也各建小房一所，作为候补住宅。各处的小宅，不管是什么材料盖成的，一律叫作"不会草堂"——在抗战中，开会开够了，所以永远"不会"。

那时候，飞机一定很方便，我想四季搬家也许不至于受多大苦处的。假若那时候飞机减价，一二百元就能买一架的话，我就自备一架，择黄道吉日慢慢的飞行。

花香雾气中底梦

许地山

在覆茅涂泥底山居里，那阻不住底花香和雾气从疏帘窜进来，直扑到一对梦人身上。妻子把丈夫摇醒，说："快起罢，我们底被褥快湿透了。怪不得我总觉得冷，原来太阳被囚在浓雾底监狱里不能出来。"

那梦中底男子，心里自有他底温暖，身外底冷与不冷他毫不介意。他没有睁开眼睛便说："嗳呀，好香！许是你桌上底素馨露洒了罢？"

"哪里？你还在梦中哪。你且睁眼看帘外底光景。"

他果然揉了眼睛，拥着被坐起来，对妻子说："怪不得我净梦见一群女子在微雨中游戏。若是你不叫醒我，我还要往下梦哪。"

妻子也拥着她底绒被坐起来说："我也有梦。"

"快说给我听。"

"我梦见把你丢了。我自己一人在这山中遍处找寻你，怎么也找不着。我越过山后，只见一个美丽的女郎挽着一篮珠子向各树底花叶上头乱撒。我上前去向她问你底下落，她笑着问我：'他是谁，找他干什么？'我当然回答，他是我底丈夫——"

"原来你在梦中也记得他！"他笑着说这话，那双眼睛还显出很滑稽的样子。

妻子不喜欢了。她转过脸背着丈夫说："你说什么话！你老是要挑剔人家底话语，我不往下说了。"她推开绒被，随即呼唤丫头预备脸水。

丈夫速把她揪住，央求说："好人，我再不敢了。你往下说罢。以后若再饶舌，情愿挨罚。"

"谁希罕罚你？"妻子把这次底和平画押了。她往下说："那女人对我说，你在山前柚花林里藏着。我那时又像把你忘了。……"

"哦，你又……不，我应许过不再说什么的；不然，我就要挨罚了。你到底找着我没有？"

"我没有向前走，只站在一边看她撒珠子。说来也很奇怪：那些珠子粘在各花叶上都变成五彩的雾露，连我底身体也沾满了。我忍不住，就问那女郎。女郎说：'东西还是一样，没有变化，因为你底心思前后不同，所以觉得变了。你认为珠子，是在我撒手之前，因为你想我这篮子决不能盛得露水。你认为露珠时，在我撒手之后，因为你想那些花叶不能留住珠子。我告诉你：你所认底不在东西，乃在使用东西底人和时间；你所爱底，不在体质，乃在体质所表底情。你怎样爱月呢？是爱那悬在空中已经老死底暗球么？你怎样爱雪呢？是爱他那种砭人肌骨底凛冽么？'她一说到雪，我打了一个寒噤，便醒起来了。"

丈夫说："到底没有找着我。"

妻子一把抓住他底头发，笑说："这不是找着了吗？……我说，这梦怎样?"

"凡你所梦都是好的。那女郎底话也是不错。我们最愉快底时候岂不是在接吻后,彼此底凝视吗?"他向妻子痴笑,妻子把绒被拿起来,盖在他头上,说:"恶鬼!这会可不让你有第二次底凝视了。"

说 梦

废 名

S笑我的一枝秃笔，我可觉得很哀，我用他写了许多字。

我想，倘若我把我每篇文章之所以产生，写出来，——自然有些是不能够分明的写出来的，当是一件有意义的事，或者可以证明厨川白村氏的许多话。好比我写《河上柳》，是在某一种生活之中，偶然站在某地一棵杨柳之下；《花炮》里的《诗人》，是由某地起感。我的朋友J曾怂恿我这样做，但这又颇是一件寂寞的事呵。

记得什么人有这样意思的话：要多所忘却。真的，我忘却的东西真不少，都随着我过去的生命而逝去了。我当初是怎样的爱读《乡愁》《金鱼》（俱见周作人先生《现代日本小说集》）这类作品，现在我连翻也不翻他一翻。我的抄本上还留下了不少的暗号，都是写《竹林的故事》时预备写的题材，现在我对着他们，正如对着一位死的朋友，回忆他的生前，哀伤着。《竹林的故事》《河上柳》《去乡》是我过去的生命的结晶，现在我还时常回顾他一下，简直是一个梦，我不知这梦是如何做起，我感到不可思议！这是我的杰作呵，我再不能写这样的杰作。

我当初的天地是很狭隘的，在这狭隘的一角却似乎比现在看得深。那样勤苦的读人家的作品的欢喜，自己勤苦的创作的欢喜，现在觉得是想象不到的事了。但我现在依然有我的欢喜，此时要我进献于人，我还是高兴进献我现在的欢喜。不过我怕敢断定——断定我是进步了。

我曾经为了《呐喊》写了一篇小文，现在我几乎害怕想到这篇小文，因为他是那样的不确实。我曾经以为他是怎样的确实呵，以自己的梦去说人家的梦。

我此刻继续写《无题》，我也还要写《张先生与张太太》这类东西。就艺术的寿命说，前者当然要长过后者，而且不知要长过几百千年哩。但他们同是我此刻的生命，我此刻的生命的产儿，有时我更爱惜这短命的产儿。好罢，我愿我多有这样的产儿，虽然不久被抛弃了，对于将来的史家终是有一点用处的。（附说一句：我对于梅兰芳君很觉歉疚，因为《张先生与张太太》那篇文章里我提起了梅君的名字，梅君那样的操业是只能引起我的同情的。）

我的脾气，诚如我的哥哥所说，非常急燥，最不能当住外来的激刺，有时真要如"石勒的杀人"，——我到底还是我罢，《石勒的杀人》

不终于流了眼泪吗？

我有时实在一个字也没有，但我觉得要摆出一张白纸。过了几个黑夜，我的面前洋洋数千言。

最高兴我的文章的是我自己。最不高兴我的文章的是我自己。

有许多人说我的文章 obscure，看不出我的意思。但我自己是怎样的用心，要把我的心幕逐渐展出来！我甚至于疑心太 clear 得利害。这样的窘况，好像有许多诗人都说过。

我最近发表的《杨柳》（无题之十），有这样的一段——

> 小林先生没有答话，只是笑。小林先生的眼睛里只有杨柳球，——除了杨柳球眼睛之上虽还有天空，他没有看，也就可以说没有映进来。小林先生的杨柳球浸了露水，但他自己也不觉得，——他也不觉得他笑。……

我的一位朋友竟没有看出我的"眼泪"！这个似乎不能怪我。

佐藤春夫很有趣的说道：

"一个人所说的话，在别人听了，决不能和说话的人的心思一样。但是，人们呵，你们却不可因此便生气呵。"

是的，不要生气。

我有一个时候非常之爱黄昏，黄昏时分常是一个人出去走路，尤其喜欢在深巷子里走。《竹林的故事》最初想以"黄昏"为名，以希腊一位女诗人①的话做卷头语——

　　"黄昏呵，你招回一切，光明的早晨所驱散的一切，你招回绵羊，招回山羊，招回小孩到母亲的旁边。"

　　不知从什么时候起黄昏渐渐于我疏远了。

　　艺术家要画出丑恶的原形相，似乎终于把自己浸进去了。这是怎样一个无心的而是有意义的事！

　　创作的时候应该是"反刍"。这样才能成为一个梦。是梦，所以与当初的实生活隔了模糊的界。艺术的成功也就在这里。亚里士多德说：艺术须得常是保持"a continual slight novelty." 西蒙士（A.Symons）解释这话道："Art should never astonish." 这样的实例，最好是求之于莎士比亚。莎士比亚的〔戏〕剧多包含可怖的事实，然而我们读着只觉得他是诗。这正因为他是一个梦。

　　不要轻易说，"我懂得了！"或者说，"这不能算是一个东西！"真要赏鉴，须得与被赏鉴者在同一的基调上面，至少赏鉴的时候要如此。这样，你很容易得到安息，无论摆在你面前的是一座宫殿或只是一个茅舍。

---

① "女诗人"即萨福。

有时古人的意思还没有说出罢，然而我看出了，莫逆于心。这一类的实例举不胜举。记得有一回我把这一首诗指给一个友人看——

> 忆我少壮时，无乐自欣豫。
>
> 猛志逸四海，骞翮思远翥。
>
> 荏苒岁月颓，此心稍已去。
>
> 值欢无复娱，每每多忧虑。
>
> 气力渐衰损，转觉日不如。
>
> 壑舟无须臾，引我不得住。
>
> 前涂当几许，未知止泊处。
>
> 古人惜寸阴，念此使人惧。

我对着我的朋友笑道："你读了陶渊明这个'惧'字作如何感呢？我真是一则以喜，一则以惧！"然而解诗者之所云，了不是那么一回事。难怪他们解不得。

有时古人只是无心的一笔罢，但我触动了，或许真是所谓风声鹤唳。这个有很大的道理存在其间。著作者当他动笔的时候，是不能料想到他将成功一个什么。字与字，句与句，互相生长，有如梦之不可捉摸。然而一个人只能做他自己的梦，所以虽是无心，而是有因。结果，我们面着他，不免是梦梦。但依然是真实。

我读莎士比亚，常有上述的情况。Hamlet 的"dying voice"是有心的写还是无心呢？但这一句，Hamlet 的最后一句——

The rest is silence.

在我的耳朵里常是余音袅袅。

那之前，Hamlet 对他的朋友道：

……What a wounded name,

Things standing thus unknown，shall live behind me.

If thou didst ever hold me in thy heart，

Absent thee from felicity awhile，

And in this harsh world draw thy breath in pain，

To tell my story.

说到这里，远远听见——倘用中国话，应该是敲战鼓罢，道：

What warlike noise is this？

就全剧的结构说，到此本应有此插入，但我疑心我们的诗人兴酣笔落，落下这"Warlike noise"！至少这一个声音在我的耳朵里响得起劲。

如此类，很多。在"King Lear"这出戏里面，Edgar 回答 Gloucester 道：

　　Y'are much deceiv'd；in nothing am I chang'd But in my garments.

　　情节本是如此，Edgar 换了新装，著者自然要这样叙述。然而触动了我。

　　《儒林外史》的作者未必能如我们现代人一样罢，然而我此刻时常想起了他。这时我也就想起了《水浒》。不管原著者是怎样，我实是同一心情之下怀念这不同的东西。

　　世间每有人笑嘻嘻的以"刻画"二字加在这种著者头上，我却很不高兴听。自然，刻画我也不想否认。

　　有人说，文艺作品总要写得 inter（e）sting。这话我也首先承认。

　　我从前听得教师们说："莎士比亚，仿佛他经过了各种各样的职业，从国王一直到'小丑'，写什么像什么。"我不免有点不懂，就决心到莎士比亚的宫殿里去试探。现在我试探出来了，古往今来，决不容有那样为我所不解的似是而非的说法！我只知有那一个诗人，无论他是怎样的化装。偶见西蒙士引别人的话评论巴尔扎克，有云：

　　"简括的说，巴尔扎克著作中的人物，那怕就是一个厨役，都有一种天才。每个心都是一管枪，装满了意志。这正是巴尔扎克自己。外面世界的一切呈现于巴尔扎克的心之眼，是在一种过分的形像之下，俱有一种有力的表现，所以他给了他的人物一种拘挛似的动作；他加深了他们的阴影，增强了他们的光。”

这个我以为可以施之于任何作家。有时看起来恰是相反，其实还是一个真理，——我是想到了契诃夫。此刻我的眼前不是活现一个契诃夫吗？

波特来尔说：所有伟大诗人，都很自然的，而且免不了的，要成为批评家。又说：那是不可能的，为一个诗人而不包含一个批评家。

这本是一个极平常的事实。波特来尔自己就给我们做了一个模样，——他之于亚伦坡。

与上面的话同在一书之中，有弗洛倍尔写给波特来尔的一封信，是他，那白玉无瑕的小说家，读了他的 *Les Fleurs du Mal* 而写的，我很高兴的译之如下：

“我把你的诗卷吞下去了，从头到尾，我读了又读，一首一首的，一字一字的，我所能够说的是，他令我喜悦，令我迷醉。你以你的颜色压服了我。我所最倾倒的是你的著作的完美的艺术。你赞美了肉而没有爱他。”

“不薄今人爱古人”，此是有怀抱者的说话。记得鲁迅先生以此与别种不相称的句子联在一起，当是断章取义。

“国朝盛文章，子昂始高蹈。”我有时又颇有此感。

一九二七，五，十九。

梦

巴　金

　　我常常把梦当作我的唯一的安慰。只有在梦里我才得着片刻的安宁。我的生活里找不到"宁静"这个名词。一切的烦忧，一切的苦斗，它们笼罩着我的全个心灵，没有一刻肯把我轻易放过。然而我一进到梦的世界，它们即刻远远地避开了。在梦的世界里我每每忘了自己。我不知道我过去是一个什么样的人，或者做过了怎样的事。梦中的我常常是一个头脑单纯的青年，没有过去，也没有将来；没有烦忧，也没有苦斗。我只有一个现在，我只有一条简单的路，我只有一个单纯的信仰，我不知道这信仰是从什么地方来的，在梦中我也不会去考究它。但信仰永远是同一的信仰，而且和我在生活里的信仰完全一样。只有这信仰是生了根的，我永远不能把它去掉或改变。甚至在梦里我忘了自己忘了过去的时候，这信仰还像太白星那样地放射光芒。所以我每次从梦中睁开眼睛躺在床上半迷惑地望着四周的景物，那时候还是靠了这信仰我才马上记起我是怎样的一个人。把梦的世界和真实的世界连结起来的就只有这信仰。所以在梦里我纵然忘了自己，我也不会做一件我平日所反对的事情。

我刚才说过我只有在梦中才得着安宁。我在生活里找不到安宁，因此才到梦中去找，其实不能说去找，梦中的安宁原是自己来的。然而有时候甚至在梦中我也得不到安宁，我也做过一些所谓噩梦，醒来时两只眼睛茫然望着白色墙壁，还不能断定是梦是真，是活是死；只有心的猛跳是切实地觉到的。但等到心跳渐渐地平静下去，这梦景也就像一股淡烟不知飘散到哪里去了。留下来的只是一个真实的我。

然而我最近做了一个不能被忘却的梦。直到现在我还能够把它记下来。梦景是这样的：

我忽然被判处死刑，应该到一个岛上去登断头台。我自动地投到那岛上去。伴着我去的是一个不大熟识的友人。我们到了那里，我即刻被投入地牢。那是一个没有阳光的地方，墙壁上整天燃着一盏昏暗的煤油灯，地上是一片水泥。在不远的地方，时时响着囚人的哀叫，还有那建筑断头台的声音从早晨到夜晚，就没有一刻停止过。除了每天两次给我送饭来的禁卒外，我整天看不见一个人影。也没有谁来向我问话。我不知道那朋友的下落，我甚至忘记了她。在地牢里我只有等待。等那断头台早日修好，以便结束我这一生。我并没有悲痛和悔恨。好像这是我的自然的结局。于是有一天早晨禁卒来把我带出去，经过一条走廊到了天井前面。天井里绞刑架已经建立起来了，是那么丑陋的东西！它居然会取去我的生命？我带着憎恨的眼光去看它。但是我的眼光触到了另一个人的眼光。原来那个朋友站在走廊口。她惊恐地叫我的名字，只叫了一声。她的眼里包着满腔的泪水。我的心先前一刻还像一块石头，这时却突然熔化了。这是第一个人为我的缘故流眼泪。在这个世界里我居然看见了一个关心我本人的人。虽然只是短短的一瞥，我也似乎受到了一个祝福。我没有别的话说，只短短地说了"不要紧"三个字，一面感激地对她微笑。这时我心中十分明白，我觉得就这样了结我的一生，我也没有遗憾了。我安静地上了绞刑架。下面没有几个人，但不远处有一对含泪的眼睛。这对眼睛在我的眼前晃动。然而人把我的头蒙住了。我什么也看不见。

过后我忽然发觉我坐在绞刑架上，那个朋友坐在我身边。周围再没有别的人。我正在惊疑间，朋友简单地告诉我说："你的事情已经了结。现在情形变更，所以他们把你放了。"我侧头看她的眼睛，那眼里已经没有泪珠了。我感到一种安慰，就跟着她走出监牢。门前有一架飞机在等候我们。我们刚坐上去，飞机就驶动了。

飞机离开那孤岛的时候，距离水面不高，我回头看那地方，这是一个很好的晴天，海上没有一点波纹。深黄色的堡垒抹上了一层带红色的日光，凸出在一望无际的蓝色海面上，像一幅画图。

后来回到了我们住的那个城市，我跟着朋友到了她的家里，刚进了天井，忽然听见房里有人在问："××怎样了？有什么遗嘱吗？"我知道这是她的哥哥的声音。

"他没有死，我把他带回来了。"她在外面高兴地大声答道。接着她的哥哥惊喜地从房里跳了出来。在这一刻我确实感到生的喜悦。但是后来我们三人在一起谈论这事情时，我就发表了"倒不如这次死在绞刑架上痛快些"的议论。……

这只是一场梦。春夜的梦常常是很荒唐的。我的想象走得太远了。

但我却希望那梦景能成为真实。我并非想真的有一个"她"来把我从绞刑架上救出去。我盼望的倒是那痛快的死。这个在生活里我得不到。所以我的想象在梦中把它给我争了来，但在梦里它也只是昙花一现，而我依旧"被带回来了"。

这是我的不幸。我是一个充满着矛盾的人。只有这个才是消灭我这矛盾的唯一的方法。然而我偏偏不能够采用它。人的确是一个脆弱的东西。我常常残酷无情地分析我自己，所以我深知道自己是一个什么样的人。我有时眼光越过了生死的界限，将人世的一切都置之度外，去探求那赤裸的真理；但有时我对生活里的一切都感到留恋，甚至用全部精力去做一件细小的事情。在《家》的结尾我说过"青春毕竟是美丽的东西"。在《死》的最后我嚷着"我还要活"。但是在梦里我却说了"倒不如死在绞刑架上痛快"的话。梦中的我已经把生死的问题解决了，故能抱定舍弃一切的决心坦然站在死刑架上，真实的我对于一切却是十分执著，所以终于陷在繁琐和苦恼的泥淖里而不能自拔。到现在为止的我的一生中至少有一半以上的时间和精力是被浪费了的。

有一个年青朋友读了我的《死》，很奇怪我"为什么会想到这许多关于死的话"。他寄了一张海上日出的照片来鼓舞我，安慰我。现在他读到我的这篇短文大概可以明白我的本意罢。我看着照片，我想我怎么能够比那太阳。我只是一个在矛盾中挣扎的弱者。我这一生横竖是浪费了的。那么就让我把这一生作为一个试验，看一个弱者怎样在重重的矛盾中苦斗罢。也许有一天我会克服了种种的矛盾，成为一个强者而达到生之完成的。那时梦中的我和真实的我就会完全合而为一人了。

从地狱到天堂

高长虹

我惶惑地飞行着，在自由的天堂中。

可怕的冲突在这里发生了，所有日常在我周围貌似亲近的人们，这时都变成强硬的仇敌，鼓起苍蝇一般讨厌的勇气，一齐向我发出猛烈的攻击，在长久的孤独的奋斗之后，我终于失败了。我只有逃走，向没有人迹的地方逃走。

出乎我的意料之外，我驾起一双赤条条的胳膊，便像一只燕子似的，轻飘飘地飞了起去。横过了屋顶，墙壁，最高的树木。我斜斜地、冉冉地、毫无计划地向前飞去。浓密的、强韧的空气在下面推涌着我，如海上的波涛推涌着它胸脯上的小船。

衔着毒针的怒骂，放着冷箭的嘲笑，迸着暴雷的惊喊，在我后面沸腾着，渐远渐低——低到我所不能听闻的地方。

我省却防御猎人的枪弹的射击，顽童的石子的抛掷等不需要的机警，我安心地、自由地游泳着，在黑色的夜的天海中。

明媚的、灼灼的眼睛，不可计数的星儿，在我上面闪耀着，指示给我前进的道路。

最后，目的地达到了——也许可以这样说，其实，我是并没有什么目的地的。一片广漠的荒野，没有一只鸟儿，而且没有一苗小草，巉岩壁立的悬崖，横在我的面前。

我便在那悬崖的巅上停止了我的飞行。乘着疲倦的朦胧，倒在一块略为平滑的岩石上睡了，甜美地睡着——一直到我醒来的时候。

梦

陆蠡

迅疾如鹰的羽翮，梦的翼扑在我的身上。

岂不曾哭，岂不曾笑，而犹吝于这片刻的安闲，梦的爪落在我的心上。

如良友的苦谏，如恶敌的讪讥，梦在絮絮语我不入耳的话。谁无自耻和卑怯，谁无虚伪和自骄，而独苛责于我。梦在絮絮语我不入耳的话。

像白昼瞑目匿身林中的鸱枭受群鸟的凌辱，在这无边的黑夜里我受尽梦的揶揄。不与我以辩驳的暇豫，无情地揭露我的私隐，搜剔我的过失，复向我作咯咯的怪笑，让笑声给邻人听见。

想欠身起来厉声叱逐这无礼的闯入者。无奈我的仆人不在。此时我已释了道袍，躺在床上，一如平凡的人。

于是我又听见短长的评议，好坏的褒贬，宛如被解剖的死尸，披露出全部的疤点和瑕疵。我不能耐受这絮语和笑声。

"去罢，我仅须要安详的梦。谁吩咐你来打扰别人的安眠？"

"至人无梦哪!"调侃地回答我的话。

"我岂讳言自己的陋俗，我岂需要你的怜悯?"

"将无所悔么?"

"我无所悔。谁曾作得失的计较?"

"终将有所恨。"

"我无所恨。"

梦怒目视着我，但显然有点畏葸。复迅疾如鹰的羽翼，向窗口飞去。

我满意于拒绝了这恐吓的试探。

"撒旦把人子引到高处，下面可以望见耶路撒冷全城。说，跳下去罢。"

他没有跳。

我起来，掩上了窗户。隐隐望见这鹰隼般的黑影，叩着别人的窗户。

会有人听说"跳下去罢"便跳下去的罢。

一九三六年三月

梦

周瘦鹃

　　秋菊已残，寒雨连朝，正在寂寞无聊时，忽得包天笑前辈香岛来翰，琐琐屑屑地叙述他的身边琐事，恍如晤言一室，瞧见他那种老子婆娑、兴复不浅的神情。记得对日抗战时期，我曾有七律一首寄给他："莽荡中原日已沉，风饕雨虐苦相侵。羡公蓬岛留高蹰，老我荒江思素心。排闷无如栽竹好，恋家未许入山深。何时重订看花约，置酒花前共细斟？"不料他老人家一去多年，迄未归来，正不知何时重订看花约啊？

　　这一封信，开头就说了他上月所得的一个梦，梦见我新婚燕尔，而同时又在我的园子里，举行了一个书画展览会，备有一个签名册子，各人纷纷题句，他也写了七绝一首，醒时只记得下二句云："好与江南传韵事，风流文采一周郎。"据说他近数年来，久已不事吟咏，而梦中常常得句，真是奇怪，不过醒来都已忘却；上二句还是在枕上硬记起来的，所以特地写信来告知我。可是"风流文采一周郎"之句，实在愧不敢当。

我是一个多梦的人，这些年来几乎夜夜有梦，醒后有的还记得，有的已记不得了。所幸我做的梦，全是好梦，全是愉快的梦；要是常做噩梦，那么动魄惊心，这味儿是不好受的。今年春季，有友人游了西湖回来，对我称赞湖上建设的完美，说得有声有色。我听了十分羡慕，恨不得立刻插翅飞去，和那阔别十余年的西子重行见面。谁知当天晚上入睡之后，我竟得了一梦，梦中畅游西湖，把旧时所谓西湖十八景，一一都游遍了。可是游过了九溪十八涧，再往西溪看芦花，拍手欢呼，顿从梦中醒了回来。这一场游西湖的好梦，真和亲到西湖去一般有趣，连一笔游费也省下来了。我于得意之余，做了《西湖梦寻诗》三十首，每一首的第一句都是"我是西湖旧宾客"七字，第二句中都有一个"梦"字，如"春来夜夜梦孤山""正逢春晓梦苏堤"等，恐占篇幅，不能将三十首一一录出，只录最后的三首："我是西湖旧宾客，九溪曲曲梦徘徊。记曾徒跣溪头过，跳出鲤鱼一尺来。""我是西湖旧宾客，西溪时向梦中浮。记从月下吟秋去，如雪芦花白满头。""我是西湖旧宾客，春来那不梦西湖。十年未见西湖面，还问西湖忆我无？"俗语说得好："日有所思，夜有所梦。"我因为白天想游西湖，所以一梦蓬蓬，竟到西湖畅游去了。

　　更有一个例子，足以证明"日有所思夜有所梦"一语的正确。譬如抗日战起，苏州沦陷时，我与前东吴大学诸教授先后避寇于浙江南浔与皖之黟县山村，虽然住得很舒服，并且合家同去，并不寂寞，但仍天天苦念苏州，苦念我的故园，因此也常常梦见苏州，并且盘桓于故园万花如海中了。那时我所做的诗，所填的词，就有不少是说梦的，如《兵连》云："兵连六月河山变，劫火弥天惨不收。我亦他乡权做客，寒衾夜夜梦苏州。"《梦故园》云:"吴中小筑紫兰秋,羁旅他乡岁月流。瞥眼春来花似海,魂牵梦役到苏州。"《思归》云:"中宵倚枕不胜愁,一片归心付水流。愿托新安江上月,照人归梦下苏州。"《梦故园花木》云:"大劫忽临天地变,割慈忍爱与花违。可怜别后关山道,魂梦时时化蝶归。"

梦呓

缪崇群

夜静的时候，我反常常地不能睡眠。枯涩的眼睛，睁着疼，闭着也疼，横竖睁着闭着都是一样的在黑暗里。我不要看见什么了，光明曾经伤害了我的眼睛，并且暴露了我的一切的恶劣的行迹。

白昼，我的心情烦躁，比谁都不能安宁，为了一点小小事故，我詈骂，我咆哮，有时甚或摔过一个茶杯，接着又去掼碎两只玻璃杯子。我涨红了脸，喘着气。我不管邻人是否在隔壁讪笑，直等发作完了，心里才稍稍觉得有点平息。

说不出什么是对象，一无长物的我，只伴着一个和我患着同样痼疾的妻：她也是没有一点比我更幸福的运命：操劳着，受难着，用着残余的气力去挣扎：虽然早晨吃粥晚上吃粥，但难于得来的还是做粥所需要的米。

我咆哮的时候是没有理由，然而妻在一边暗自啜泣，不知怎么又引起我暴虐的诅咒。

追求光明的人，才原是没有光明的人。

现在，黑夜到来了，邻人的鼾声，像牛吼一般的从隔壁传来，它示着威，使我从心底发火一般的妒忌，可是无可奈何地只有自己在床上辗转，轻轻地，又唯恐扰醒了身旁的妻。

——一个可怜的女人！我仿佛在心里暗暗念着她的名字，安息的时候你是安息了。忘掉了白昼的事罢，生活在黑暗里的人们也就不知道什么叫黑暗了。

不时地，妻忽然梦呓了，模模糊糊地说着断续的句子，带着她苦心的自白和伤怨的调子，每一个字音，像都是对我有一种绝大的刺戟。

我凝神地倾着耳，我一个字也不能辨地自己忏悔了，虔诚地忏悔了。

梦呓是她的心灵的话语，她不知道的她的长期沉郁着的心灵是在黑暗中和我对话了。

"醒醒！醒醒！"被妻唤醒过来，我还听见自己哭泣的余音。我摸一摸潮湿了的脸，我没有说什么。

因为妻也没有问什么，倒使我非常难堪了。她不知道她的梦呓会使我的心灵忏悔，便她也不知道白昼以丑角的身份出现于人间舞台而黑夜作妇人的啜泣的人又是怎么一回事的。

第四辑

艺

生活之艺术

周作人

《契诃夫书简集》中有一节道（那时他在爱珲附近旅行）："我请一个中国人到酒店里喝烧酒，他在未饮之前举杯向着我和酒店主人及伙计们，说道'请。'这是中国的礼节。他并不像我们那样一饮而尽，却是一口一口地啜，每啜一口，吃一点东西；随后给我几个中国铜钱，表示感谢之意。这是一种怪有礼的民族……"

一口一口地啜，这的确是中国仅存的饮酒的艺术：干杯者不能知酒味，泥醉者不能知微醺之味。中国人对于饮食还知道一点享用之术，但是一般的生活之艺术却早已失传了。中国生活的方式现在只是两个极端，非禁欲即是纵欲，非连酒字都不准说即是浸身在酒槽里，二者互相反动，各益增长，而其结果则是同样的污糟。动物的生活本有自然的调节，中国在千年以前文化发达，一时颇有臻于灵肉一致之象，后来为禁欲思想所战胜，变成现在这样的生活，无自由、无节制，一切在礼教的面具底下实行压迫与放恣，实在所谓礼者早已消灭无存了。

生活不是很容易的事。动物那样的，自然地简易地生活，是其一法；把生活当作一种艺术，微妙地美地生活，又是一法；二者之外别无道路，有之则是禽兽之下的乱调的生活了。生活之艺术只在禁欲与纵欲的调和。蔼理斯对于这个问题很有精到的意见，他排斥宗教的禁欲主义，但以为禁欲亦是人性的一面，欢乐与节制二者并存，且不相反而实相成。人有禁欲的倾向，即所以防欢乐的过量，并即以增欢乐的程度。他在《圣芳济与其他》一篇论文中曾说道，"有人以此二者（即禁欲与耽溺）之一为其生活之唯一目的者，其人将在尚未生活之前早已死了。有人先将其一（耽溺）推至极端，再转而之他，其人才真能了解人生是什么，日后将被纪念为模范的高僧。但是始终尊重这二重理想者，那才是知生活法的明智的大师……一切生活是一个建设与破坏，一个取进与付出，一个永远的构成作用与分解作用的循环。要正当地生活，我们须得模仿大自然的豪华与严肃。"他又说过，"生活之艺术，其方法只在于微妙地混和取与舍二者而已"，更是简明地说出这个意思来了。

　　生活之艺术这个名词，用中国固有的字来说便是所谓礼。斯谛耳博士在《仪礼》序上说，"礼节并不单是一套仪式，空虚无用，如后世所沿袭者。这是用以养成自制与整饬的动作之习惯，唯有能理解万物感受一切之心的人才有这样安详的容止。"从前听说辜鸿铭先生批评英文《礼记》译名不妥当，以为"礼"不是 Rite 而是 Art，当时觉得有点乖僻，其实却是对的，不过这是指本来的礼，后来的礼仪礼教都是堕落了的东西，不足当这个称呼了。中国的礼早已丧失，只有如上文所说，还略存于茶酒之间而已。去年有西人反对上海禁娼，以为妓院是中国文化所在的地方，这句话的确难免有点荒谬，但仔细想来也不无若干理由。

我们不必拉扯唐代的官妓、希腊的"女友"（Hetaira）的韵事来做辩护，只想起某外人的警句，"中国挟妓如西洋的求婚，中国娶妻如西洋的宿娼"，或者不能不感到《爱之术》（*Ars Amatoria*）真是只存在草野之间了。我们并不同某西人那样要保存妓院，只觉得在有些怪论里边，也常有真实存在罢了。

中国现在所切要的是一种新的自由与新的节制，去建造中国的新文明，也就是复兴千年前的旧文明，也就是与西方文化的基础之希腊文明相合一了。这些话或者说得太大太高了，但据我想舍此中国别无得救之道，宋以来的道家的禁欲主义总是无用的了，因为这只足以助成纵欲而不能收调节之功。其实这生活的艺术在有礼节重中庸的中国本来不是什么新奇的事物，如《中庸》的起头说，"天命之谓性，率性之谓道，修道之谓教"，照我的解说即是很明白的这种主张。不过后代的人都只拿去讲章旨节旨，没有人实行罢了。我不是说半部《中庸》可以济世，但以表示中国可以了解这个思想。日本虽然也很受宋学的影响，生活上却可以说是承受平安朝的系统，还有许多唐代的流风余韵，因此了解生活之艺术也更是容易。在许多风俗上日本的确保存这艺术的色彩，为我们中国人所不及，但由道学家看来，或者这正是他们的缺点也未可知罢。

1924 年 11 月

艺术与战争[①]

张恨水

疏建区的房子，是适合时代需要的一种形式。屋顶带些西洋味，分着四向，不是砖，不是瓦，更不会是铅皮，乃是就地取材的谷草。黄土筑的墙，用沙灰粉饰得光滑如漆，开着洞口的大窗眼。窗格扇外层是百叶式，木板不缺。里层大四方木格子，没有玻璃嵌着，却是糊的白纸。屋外也有一带走廊，没剥皮的树干，支着短短栏杆。栏杆外的芭蕉，是那样肥大而肯长成。

屋子还是新的，一列六七棵芭蕉，都有两丈多高，每片叶子，都不小于一扇房门，因之这绿油油的颜色，映着屋子里也是阴暗的。屋子里的陈设，简陋而又摩登，那正与这屋子一样，靠窗户有一张立体式的写字台，但没有上漆，也没有抽屉。主人翁的一幅半旧的白布，遮盖了这木料的粗糙的本色。桌上有个大白瓦盘子，盛着红滴滴的橘子与黄澄澄的佛手柑，配着一个椭圆的白皮萝卜，还带有一些绿色的茎叶，叶下正

---

① 节选自《偶像》。

有一圈红皮。桌子角上放了一只三叉的小柳树兜，上面架着钵大的南瓜。那瓜铜色而带些翠纹，颇有点古色斑斓。一个尺来高的瓦瓶子，在这两种陈设之间，里面插着两枝野菊花，又一枝鲜红的野刺珊瑚子。这些田沟山坡上的玩意，平常满眼皆是，不经人留意，于今放在这四周粉墙的白布桌子上，便觉得有些诗情画意。这屋靠左边墙下，有一个竹子书架，虽是每格将书本列得整齐，其实并没有百十本书。所以最上一层，又是一个小瓶子插了一丛野花，一只水盂，里面浸了一块圆木，木上放出两箭青葱的嫩芽。另有一个淡黄色的瓷碟子，蓄了一圈齐齐密密的麦芽。但右手一桌一书架，却陈设得十分富足，那里有大大小小几十尊泥人。这泥人有全身的，有半身的，也有只雕塑着一颗人头的。这其中有个二尺高的全身像，是个中国式的绅士模样。留着短发的圆头，下面是个长方面孔。高高的鼻子，下面垂着一丛长可及胸的浓厚胡子。身穿了长袍，外罩了马褂。在长衣下面，还露了一对双梁头的鞋子。这一切，表示着这个相貌，是代表古老一派人物的，否则也不这样道貌岸然。这是雕刻家丁古云的作品，而这个偶像，就是他拿了自己的相片，塑捏的自己。

　　丁先生在艺术界，有悠久的历史，是个有身份的知识分子。他爱艺术，爱名誉，更爱祖国。所以在中日战争爆发以后，由华北而香港，由香港而武汉，终于来到这大后方的重庆。丁先生由东南角转到这西南角来的时候，也没有计划到他艺术的本身上去。他早就想到，在对付飞机与坦克车的战场上，那里不需要一尊偶像。而在后方讲统制货物，增加生产的所在，也不需要大艺术家在这里讲雕刻学。可是他想着，他是中国一个有名的艺术家。艺术家自然是知识分子。是中国人，便当抗战。是中国知识分子，更当抗战。这大前提是不错的，问题是怎样去抗战呢？无论自己已过四十五岁，已无当兵资格，便算是个壮丁，而根本手无缚鸡之力，也不能当兵。所以谈抗战，是要在冲锋陷阵以外去想办法的。那么，既不必冲锋陷阵，在前方便无法去发展能力，还是随了政府到四川去。到了四川，再找一样自己可尽力的工作去做，多少总可以对抗战有所贡献。这样决定着，就到了四川。在一路舟车旅行之间，虽然也偶尔想到入川以后的生活问题，但是自己早已下了决心，将生活水准放低，只需每日混两顿饭，于愿已足。这还有什么办不到的吗？譬喻到后方总有中小学，中小学里去当个教员也不就解决生活了嘛！他在华北上海武汉经过，知道前方人民，是过着一种什么生活，他就打算着过那极艰苦的生活。

谁知到了四川以后，他发现自己有点过虑。首先自然是住在旅馆里，后来慢慢地将朋友访着了，依次和朋友交换意见，他就感觉出来，生活不至于十分严重。先是托朋友介绍，在各种会里，当几名委员。有的是光有名义的，有的也能支给车马费，而且在机关里做事的朋友，又设法给予一个名义，几处凑合起来，也有二百元上下的收入，那时生活程度很低，旅馆论月住，不过是四五十元的开支。两顿饭是在小饭馆里吃，倒很自由，爱在哪里吃就在哪里吃。而且还可以尽量地省俭，甚至不到一块钱就可以吃饱了。所以二百元的收入，除吃喝住旅馆之外，还可以看看电影，买几本杂志看。只是有件事感到苦闷的，便是这样混着将近一年，前方不需要任何一种雕刻，后方也不需要任何一种雕刻，自己的正当本领，无法表现，也无事可做。而饮食起居太自由了，又觉着这生活无轨道可循，成了个无主的游魂。就公事上说，抗战两三年了，作为知识分子，可以不做一点工作吗？就私事上说，终年不做事，过于无聊。自己曾好几次奋励起来，打算用黄土和石灰磨研细了，做一种塑像的材料。极力地教这种作品与抗战有关，雕塑抗战名将的肖像。并且雕塑些抗战故事，作教育用品。这个计划在穷极无聊的时候，想了起来，自己很觉是个办法。

可是随着来，又有两个困难问题。第一是住在旅馆里，小小的一间屋子，根本无法安排雕塑工作。第二点，自己的作品，向来价格很高，平常和人塑一尊石膏像，可以要到千元以上。教育用品，要大量地产生，要低价卖出，虽说为抗战不惜牺牲，可是怕引起人家的误会，以为丁古云不过是个无聊做泥像的匠人，那就影响到自己的立场了。他有了这一个转念，便停止了他的新计划。这样就是好几个月，物价颇有点上涨，原来的收入，有些不易维持生活。而在重庆市过着类似生活的朋友，也都纷纷有了固定的职业，自己想着，抗战还有着长期的年月，这样游移不定，实在不是办法，也当找个固定职业才好。有了这个意思，自不免向可以找工作的地方去寻找机会。他到底是艺术界有名的人，有关方面想到他的艺术，尽管与抗战无关，而究竟是国家一个文化种子，为了替国家传扬文化起见，便是暂时用不着这一个人，也当维持他的正常生活。并且让他继续他的研究，留他在国家平定以后，再来发挥。在这种情形之下，于是一位教育界的权威莫先生便定了时间，约着丁古云去谈话。丁古云生活在艺术圈子里，本就不曾去多方求教人，所以对于有关方面，常保持一种不即不离的态度。这时接到请约谈话的通知，为了找职业，不能不去。而又想着，当了教书匠二三十年，也不能成了一种招之便来、挥之便去的人物，所以他虽是照着约会的钟点去，可是到了莫先生家里，在传达房里递过名片，就到普通会客室里去候着，并不如其他人物，先去见莫先生的左右，也不按下什么敲门砖。莫先生在他会过一群要钱要事问安上条呈的来宾之后，才着听差，将丁古云约到他屋子里去。

他一见面之后，就觉丁先生颇有点不同凡响。他大袖郎当的高大的个儿，一件青布马褂套着蓝布夹袍子。脸上带着沉郁的颜色。将一丛连鬓的长黑胡子垂到胸前，完全是种老先生的姿态。莫先生是诸葛亮在五丈原一般的人物，食少事烦，计划勤劳，身体是瘦小而衰弱。虽然不养一根胡须，可是头发稀疏全白。站起身来，半弯着腰，老相毕露。和丁古云一比，便很有点分别了。他伸出右手五个指尖，和丁古云握了一握，然后伸手作个招呼的姿势，请他在客位上坐。这丁古云和莫先生的教育主张，向来有点枘凿不入，今天虽为衣食而来屈尊就驾，可是"瞧不起你"那一点意思，根本不能剔除，所以在谦逊之中，依然带了几分倨傲，大模大样地在客位上坐下。莫先生在他主位上坐着，展开他书桌上放的一叠会客表格，看了两行，然后向丁古云道："丁先生的艺术，我久仰得很。"丁古云谈笑道："自己人说话，用不着客气，研究艺术的人，都要讨饭吃。哪里还敢要人仰慕？"莫先生也许是每日会客太多，无从知道每个来宾的身份。也许满脑筋里被政治哲学装满了，没有一点空隙来装艺术，所以对艺术家的一切，很是隔膜。说了两句话，将手慢慢抚摸面前的表格，又去看看表上所填的字句。这是他左右早已把丁古云履历及来意，已填好了的一张，所以他听到丁先生第一句话就是牢骚语，有些莫名其妙，赶快又翻了一翻表格。但这会客的表格，每人只有一张，无论左右填得怎样详细，不会把来人有某种牢骚预先推测了出来。因之莫先生在无所得的情形下，强笑着向他道："在军事第一的条件下，当然关于非军事的，都得放在一边。"丁古云手摸了胸前的长胡子，正色道："不然。抗战期间，军事第一是当然的，但是有个第一，就有个第二、第三，以至第几十，第几百，决不能说第一之外，无第几，果然第一之外无第几，这第一也就无从算起了。而且严格地说，某一国的文化，就与某一国对外的战事有关。艺术也是文化之一，未见得就与抗战无关。若以为可以放到一边去的话，却多少当考量考量。许多艺术，是不能像故宫博物院的古董，可以暂时藏到山洞里去的。抗战以后，古董搬出洞来还是古董。有若干艺术，是要活人来推动的。若是停止若干时候，这运动恐怕要脱节。等到抗战以后，古董回到故宫博物院，我们再来谈艺术时，那么，古云敢断言，有些艺术，不但会没有进步，就是想保持到古董一样，原封不动，那已很困难。"这位莫先生，最爱听人家谈理论。丁古云这一段话，他倒是听得很入味，因点头道："兄弟所说放到一边，也非完全不管之意。不过放在中间而已。我们现在谈的是抗战建国，就建国一方面而言，当然也包括了文化在内。就兄弟平素主张而论，至少对于培养文化种子，以为将来发展文化一层，未曾放松。"他说这话时，不免向丁古云望着。见他只管用手理那长胡子，瞪了一只眼，挺直了腰杆，颇有些凛凛不可犯之势。莫先生所见念书教书的多了，尽管闻名已久，等着到了见面之时，也和官场中下属见上司一样，很是有礼貌，一问一点头，一答一个是，向来很少见到他这样泰然相对、毫不在乎的。便微笑道："中国是礼仪之邦，虽然在和敌人作生死斗争，但为了百年大计着想，我们当然不会忘了文化，也就不会忘了艺术。丁先生是艺术大家，正希望丁先生传播艺术的种子。我想，不但关于丁先生个人的生计，应当设法，而且关于艺术教育方面，少不得还要由大家来商量个发展计策。这件事，我们正注意中。严子庄先生，想丁先生是认得的，可以去和子庄谈谈。"古云知道，莫先生不会作了比这再肯定的允诺，便告辞了。他这样走了，自觉没有多大的收获，但是在莫先生一方面，有了极好的印象。他觉得议会上对艺术家的批评，一贯都是认为浪漫不羁的。可是这位丁先生，道貌岸然，在自己提倡德育的今天，这种人倒可以借用借用，以资号召。否则大家同吃教育饭，这种人不为己用，也不当失之交臂。这样想着，他就通知了所说的那位严子庄先生，和丁古云保持接触。这位严先生是法国留学生，专习西洋书，其曾出入沙龙，那是不必说。但他回国以后，却早已从事政治，所以抗战军兴，他并没有遭受其他艺术家那种残酷的境遇。只是为了和莫先生合作的缘故，有关于艺术的举动，还是出来主持，因之艺术界的人物，都和他往来。在丁莫谈话之后，严子庄就去看望了丁古云两次。因为法国人谈的那套艺术理论，和丁古云谈的希腊罗马文化，相当地接近，两人也相当谈得来。两个月内，便组织了一个战时艺术研究会，除了在大后方的各位艺术家都被请为会员之外，又有一批驻会的常务委员，这常务委员，是按月支着车马费的，大概可以维持个人的生活。丁古云便被聘为常务委员之一。因为艺术是要一种安静的环境去研究的，所以这会址就设在离城三十里外一个疏建区里。又为了大家研究起见，距会所不远，还建了一片半中半西的草房，当为会员寄宿舍。丁古云在重庆城里，让那游击式的生活，困扰得实在不堪，于今能移到乡下来，换一个环境，自是十分愿意。便毫无条件地接受了这种聘请，搬到寄宿舍来住。在寄宿舍里的会员，有画家，有金石家，有音乐家，有戏剧家。而雕刻家却只有丁古云一位。大家因为他虽只略略年长几岁，究竟长了那一丛长胡子。言行方面，都可为同人表率。隐隐之中就公认他为这寄宿舍里的首领，对他特别优待，除了他有一个卧室而外，又有一间工作室。这一带寄宿舍，建筑在竹木扶疏的山麓下，远远的是山峦包围着。寄宿舍面前，正好有一湾流水，几顷稻田，山水不必十分好，总算接近了大自然。丁古云到了这里，有饭吃，有事做，而且还可以赏鉴风景，精神上就比较舒服。在开过一次大会、两次常会之后，大家便得了一个唯一的工作目标，就是一方面怎样使艺术与抗战有关。一方面继续研究艺术。以资发扬，免得艺术的进展脱了节。他自然也就这样做去。只是在这寄宿舍里，艺术家虽多，而研究雕刻的就是自己一个。

若要谈到更专门一点的理论，还是找不着同志。而为了达到会场议决下来的任务起见，又必须赶出一批作品来，拿去参加一种义卖。这便由自己出了几个题目，细心研究着下手。题目都是反映着时代的，如哨兵，负米者，俘虏，运输商人，肉搏等等，都很具体，脑筋一运用，就有轮廓在想象中存在。但如若闷者，灯下回忆，艺术与抗战，便太抽象，这题目不易塑出作品来，尤其是最后一个题目太大。要运用缩沧海于一粟的手腕，才能表现出来，未免有点棘手。但有了这个困难题目，他倒可以解除苦闷与无聊。打开工作室的窗子，望了面前的水田，远远的山，公路上跑过去的卡车，半空里偶然飞过的邮航机，都让他发生一种不可联系，而又必须联系的感想。他端坐在一把藤椅上，在长胡子缝里衔着一枚烟斗。便默默地去想着一切与战事，也就是艺术与战争。甚至他想到，要他这样去想，也无非产生在艺术与战争这个题目里呢。

大发议论

老 舍

过年是一种艺术。咱们的先人就懂得贴春联，点红灯，换灶王像，馒头上印红梅花点，都是为使一切艺术化。爆竹虽然是噪音，但"灯儿带炮"便给声音加上彩色，有如感觉派诗人所用的字眼儿。盖自有史以来，中国人本是最艺术的，其过年比任何民族都更复杂，热闹，美好，自是民族之光，亦理所当然。

以烹调而言，上自龙肝凤肺，下至姜蒜大葱，无所不吃，且都有奇妙的味道。拿板凳腿作冰激凌，只要是中国人做的，给欧西的化学家吃，他也得莫名其妙，而连声夸好；即使稍有缺点，亦不过使肚子微痛一阵而已。吃了老鼠而再吃猫，既不辨其为鼠为猫，且不在肚中表演猫捕鼠的游戏，是之谓巧夺天工。烹调的方法既巧夺天工，新年便没法儿不火炽，没法儿不是艺术的。一碗清汤，两片牛肉，而后来个硬凉苹果，如西洋红毛鬼子的办法，只足引起伤心，哪里还有心肠去快活。反之，酒有茵陈玫瑰和佛手露，佐以蜜饯果儿——红的是山楂糕，绿的是青梅，黄的是橘饼，紫的是金丝蜜枣，有如长虹吹落，碎在桌上，斑斑块块如灿艳群星，而到了口中都甜津津的，不亦乐乎！加以八碟八碗，或更倍之，各发异香，连冒出的气儿都婉转缓腻，不像馒头揭锅，热气立散；于是吃一看二，咽一块不能不点点头，喝一口不能不咂咂嘴；或汤与块齐尝，则顺流而下，不知所之，岂不快哉！脑与口与肚一体舒畅，宜乎行令猜拳，吃个七八小时也。这是艺术。做得艺术，吃得艺术，于是一肚子艺术，而后题诗壁上，剪烛梅前，入了象牙之塔，出了象牙之狗，美哉新年也！

这不过略提了提"吃"，已足使弱小民族垂涎三尺，而万国来朝。至若吃饱喝足，面色微紫，或看牌，或掷骰，或顶牛，钩心斗角，各运心思，赢了微笑，输急才骂"妈的"；至若穿新衣，逛花灯，看亲戚，接姑奶奶与小外甥……只好从略，只好从略，以免六国联军又打天津。因羡生妒，至蛮不讲理，往往有之。

到了现在，过年的艺术不但在质上，就是在量上，也正在迈进。以次数说，新年起码有两个，增多了一倍。活个七老八十，而能过一百好几十次新年，正是：五风十雨皆为瑞，一岁双年总是春。人生七十古来稀，到而今，活五十岁而过一百次年，活不到七十也没多大关系了。这顺手儿就解决了人口过剩问题，因为活到四五十岁，已经过了一百来回年，在价值上总算过得去了；那么，五十多而仍不死，就满可以立下遗嘱，而后把自己活埋了。不过，这是附带的话；如不愿活埋呢，也无须一定这么办，活着也好。书归正传：两个新年，先过国历新年，然后再过"家历"新年。二者之间隔着那么几十天，恰好藕断丝连，顾此而不失彼，是诗意的跌宕，是艺术的沉醉，是电影的广告！前前后后三个来月，甚至于可以把冬至的馄饨接上端阳的粽子，而后紧跟着去到青岛避暑。天哪，感谢你使我们生活在中国！

可是，人心不同，也有不这样看的。记得去年在我们镇上，铺户都在"家历"新年关上了门。小徒弟们在铺内敲锣打鼓，掌柜们把脸喝得怪红。邻家二大妈一向失于修饰，也戴上了朵小红绢石榴花。私塾中的学童们把《三字经》等放在神龛后面，暂由财神奶奶妥为照管。洋学堂的秀才们也回来凑热闹，过了灯节还舍不得走。这本是为艺术而艺术，并没有什么说不过去的地方。哪知道，镇上有位爱国志士发了议论：爱国的人应当遵守国历；再说，国历是最科学的。

我也说了话。我既也是镇上的圣人之一，自然不能增他人的锐气而减自己的威风。你看，大家听了志士的议论，虽然过年如故，可是心中有点不自在。我们镇上的人向来不提倡旧货，也不赞成妇女放脚，因为缠脚是更含有国货的意味。他们不甘于做不爱国的人，但是，他们没话反攻，而爱国志士就鼻孔朝天地得意起来。我不能不开口了！我说：过年是种艺术，谈不到科学；谁能在除夕吃地质学，喝王水，外加安米尼亚？再说，国历是科学的，连洋鬼子都知道，难道堂堂的天朝选民就不晓得？二月是二十八天，正合二十八宿，中西正是一理，不过，科学是日新月异的，将来一高兴，也许二月剩八天，巧合八卦图，而十二月来上五六十来天！再说，家历月月十五有圆月，而国历月月十五有圆太阳，阳胜于阴，理当乾纲大振，大家不怕老婆。可惜，圆月之外还有新月半月等等，而太阳没有出过太阳牙。

连邻家二大妈也听出我这一套是暗含讥讽，马上给我送过来一大盘年糕；虽然我看出糕的一角似被老鼠啃去，也还很感激她。她的话比年糕的价值还大。她说：八月十五云遮月，正月十五雪打灯。假如十五没月亮，这两句古语从何应验？还有，腊月三十要是出了圆月，咱们是过年好呢，还是拜月好呢？二大妈的话实在有理。于是设法传到爱国志士耳中，省得叫他目空一切。二大妈至少比他多吃过二三十年的年糕，这不是瞎说的。

他似乎也看出八月十五云遮月的重要，可是仍然不服气。他带着讽刺的味儿说："为什么不可以把吃喝玩乐都放在国历新年？莫非是天气不够冷？"

我先回答了他这末一句。对于此点我更有话说。过去的经验不定在什么时候就会大有用处；你看，我恰巧在南洋过过一次年。在那里，元旦依然是风扇与冰激凌的天气。大家赤着脚，穿着单衫，可是拼命地放爆竹，吃年糕，贴对子，买牡丹，祭财神。天气和六月里一样，而过年还是过年。这不是冷不冷的问题。冷也得过年，热也得过年，过年是种艺术，与寒暑表的升降无关。

至于为什么不把吃喝玩乐都放在国历新年，他是只知其一，不知其二。为表示爱国，为表示科学化，我们都应当遵守国历；国历、国科、国学、国民等本来自成一系统。严格地说，一个国民若不欢欢喜喜地过下儿国历新年，理当斩首，号令国门。可是有一层，人当爱国，也当爱家。齐家而后能治国；试看古今多少英雄豪杰，哪个不是先把钱搂到家中，使家族风光起来，而后再谈国事？因此，国历与家历应当两存；到爱国的时候就爱国，到爱家的时候便爱家，这才称得起是圣之时者。你真要在家历新年之际，三过其门而不入，留神尊夫人罚你跪下顶灯三小时；大冷的天，不是玩的！这不是要哪个与不要哪个的问题，也不是哪个好与哪个坏的问题，而是应当下一番工夫去研究怎样过新年，与怎样过旧新年。二者的历史不同，性质不同，时间不同，种类不同，所以过法也得不同。把旧艺术都搬到新节令上来，不但显着驴唇不对马嘴，而且是自己剥夺了生命的享受。反之，顺着天时地利与人和，各有各的办法，各有各的味道，才能算作生活的艺术。

以国历新年说吧。过这个年得带洋味，因为它是洋钦天监给规定的。在这个新年，见面不应说"多多发财"，而须说"害怕扭一耳"。非这么办不可，你必须带出洋味，以便别于家历新年。该新则新，该旧则旧，这一向是我们的长处。你自己穿洋服去跳舞，而叫小脚夫人在家中啃窝窝头，理当如此。过年也是这样。那么，过国历新年，应在大街上高搭彩牌，以示普天同庆。大家到大饭店去喝香槟。然后，去跳舞一番，或凑几个同志打打高尔夫。约女朋友看看电影，或去听听西洋音乐，吃些块奶油巧古力，也不失体统。若能凑几个人演一出三幕戏，偏请女客为自己来鼓掌，那更有意思。不必去给父亲拜年，你父亲自然会看到你在报纸上登的贺年小广告。可是见着父亲的时候别忘了说"害怕扭一耳"。你应当做一身新洋服。总之，你要在这个时节充分地表现出来，你是爱国，你懂得新事，你会跳舞，你会溜冰。这个年要过得似乎是洋鬼子，又不十分像；不像吧，又像。这也是一种艺术。若以酒类作喻，这是啤酒。虽然是酒，可又像汽水。拿准这个尺寸，这个新年正大有滋味，你要是不过它一下，你便永远摸不清个人与世界的关系。说到这儿，你顶好给美国总统写个贺年片，贴足邮票寄去。他要是不回拜的话，那是他的错儿，你居心无愧。

这么过了一个年，然后再等过那一个，艺术上的对照法。一个是浪漫的，摩登的，香槟与裸体美人的；一个是写实的，遗传的，家长里短的。你身过二年，胃收百味，是沟通东西文化的活水，是香槟与陈绍的产儿，是一切的一切！

应当再说怎过旧新年。不过，你早就知道。只须告诉你一句：无论是在哪个新年，总不应该还债。还有一句——只是一句了——在旧新年元旦出门，必先看好喜神是在哪一方；国历新年则不受此限制，你拿着顶出来也好。

爱国志士听了这一番高论，茅塞一顿一顿地都开了，托二大妈来约我去打几圈小麻雀，遂单刀赴会焉。

文艺杂话

梁遇春

"美就是真，真就是美"，这是开茨那首有名的《咏一个希腊古瓮》诗最后的一句。凡是谈起开茨，免不了会提到这句名句，这句话也真是能够简洁地表现出开茨的精神。但是一位有名的批评家在牛津大学诗学讲堂上却说开茨这首五十行诗，前四十几行玲珑精巧，没有一个字不妙，可惜最后加上那人人都知道的两行名句。

"Beauty is truth. truth is beauty." —that is all Ye know on earth，and all ye need to know.

并不是这两句本身不好，不过和前面连接不起，所以虽然是一对好句，却变作全诗之累了。他这话说得真有些道理。只要细心把这首百读不厌的诗吟咏几遍之后，谁也会觉得这诗由开头一直下来，都是充满了簇新的想象、微妙的思想，没有一句陈腐的套语和惯用的描写，但是读到最后两句时，逃不了感到一种说不出的失望，觉得这么灿烂稀奇的描写同幻想，就只能得这么一个结论吗？念的回数愈多，愈相信这两句的不合适。开茨是个批评观念非常发达的人，用字锻句，丝毫不苟，那几篇 Ode 更是他呕心血做的，为什么这下会这么大意呢？我只好想出下面这个解释来。开茨确是英国唯美主义的先锋，他对美有无限的尊重，这或者是他崇拜希腊精神的结果。所以这句"美就是真，真就是美"，确是他心爱的主张。为了要发表他的主义，他情愿把一首美玉无瑕的诗牺牲了——实在他当时只注意到自己这种新意见，也没有心再去关照全诗的结构了。开茨是个咒骂理智的人，在《蛇女》（Lamia）那首长诗里他说：

That but a moment's thought is passion's passing beel.

然而他这回倒甘心让诗的精神来跪在哲学前面，做个唯理智之命是从的奴隶。由这里也可以看到自己的主张太把持着心灵的时候，所做的文学总有委曲求全的色彩。所以，我对于古往今来那班带有使命的文学，常抱些无谓的杞忧。

凡是爱念 Wordsworth 的人一定记得他那五六首关于露茜（Lucy）的诗。那种以极简单明了的话表出一种刻骨镂心的情，说的时候又极有艺术裁制（Restraint）的能力，仅仅轻描淡写，已经将死了爱人的悲哀的焦点露出，谁念着也会动心。可是这老头子虽然有这么好描写深情的天才，在他那本页数既多、字印得又小的全集里，我们却找不出十首歌颂爱情的诗。有一回 Aubrey de Vere 问他为什么不多作些情诗，他回答，"若使我多作些情诗，我写的时候，心中一定会有强度的热情，这是我主张所不许可的。"我们知道 Wordsworth 主张诗中间所含的情调要经过一回冷静心境的溶解，所以他反对心中只充满些强烈的情绪时所作的情诗。固然因为他照着这种说法写诗，他那好多赞美自然的佳句，意味才会那么隽永，值得细细咀嚼，那种回甘的妙处真是无穷。但是因此我们也丢失了许多一往情深词句挚朴的好情诗。Wordsworth 这种学究的态度真是自害不浅，使我们深深地觉得创造绝对自由的需要。

　　说到这里，我们自然而然联想到了托尔斯泰。托翁写实本领非常高明，他描述的人物情境都能有使人不得不相信的妙处。但是他始终想把文学当传布思想的工具，有时硬将上帝板板的主张放在绝妙的写实作品中间，使读者在万分高兴时节，顿然感到失望。所以 Saintsbury 说他没有一篇完全无瑕的作品。我记得从前读托翁一篇小说，中间讲述一个豪爽英迈的强盗在森林中杀人劫货，后来被一个教士感化了，变成个平平常常的好人了。当这教士头一次碰着这强盗时节——"咱是个强盗，"强盗拉住了缰说，"我大道上骑马，到处杀人；我杀的人越多，我唱的歌越是高兴。"谁念了这段，不会神往于驰骋风沙中，飞舞着刀，唱着调儿的绿林好汉，而看出这种人生活里的美处。托翁有那种天才，把强盗的心境说得这么动人，可惜他又带进来个教士，将这篇像十七八世纪西班牙英法讲述流氓小说的好作品，变作十九、二十世纪传单化的文学了。但是不管托翁怎样蹂躏自己的天才，他的小说还是不朽的东西，仍然有能力吸引住成千成万的读者，这也可以见文学的能力到底是埋在心的最深处，决非主张等等所能毁灭，充其量不过是减些光辉，使读者在无限赞美中，有一种说不出的惆怅吧。

听 琴

陈西滢

一

要是你问一个英国人，他爱不爱莎士比亚的乐府，他一定说莎氏的作品是非常的美丽而伟大，说这话的人也许这三十年来从不曾翻过一页莎氏的原作；也许十年前曾经有一次他跟了朋友去看莎氏的戏，看了不到半幕便睡着在座中了；也许幼年在学校的时候，他也诚心的随和着其余的儿童，时时的诅咒莎氏乐府这一门功课。

可是，现在他宁可在你面前剥去遮盖他身体的衣服，断不肯承认不爱莎士比亚。

同样的你如问一个中国人，他爱不爱听古琴，他一定说那样清幽高洁的音乐，他最爱不过了，只可惜没有听到好手的机会。就使他得到了这求之不得的机会，在闭目静听的时候，他的心忽然的想到了一封多时没复的信，或是明天必须付的账，或是奇怪为什么这一曲老是弹不完，曲终张目的时候，他一定摇头拊掌的说好，绝不愿意说古琴原来并不怎样的好听。

要不是这样，不爱莎士比亚你就是傻子，不爱古琴你逃不了做牛。

二

虽然并不以做牛为荣幸，我还是常常地说古琴不怎样的好听。可是我听到的好手也很少。

新近北京的许多古琴名手在北海开了一次琴会，我也去听了三四曲，听完了非但我的意见没有变，反而觉得更加固定了。

不错，那天的时间和地点都没有选择好。下午的太阳是很热的，何况一间小小的屋子里挤满了人，还时时有来来往往，出出进进的游客。要是环境不同些，听众的印象也得两样些。

就是那天的黄昏，在一钩新月的底下，我们两三个人坐在松坡图书馆的冷清清的院落中，又听到了一两曲。淡淡的月色笼着阴森森的几棵老树，又听了七弦上冷冷的音调，自有一种说不出的幽情侵入心坎来。同样的一曲《平沙落雁》，在下午不过是些嘈杂的声音，这时候却蕴藏着不少的诗意。

那么七弦琴不是没有意思的了，只要有了适宜的时间和地点？可是，当"月落乌啼霜满天"，寒山寺的钟声断断续续的吹到愁思不寐的离人的枕边，不是极凄凉的音乐么？冬日的早晨，大病新愈，睡床上望窗外的红日，听苍蝇飞扑窗纸，咚咚作响，也煞有意味，如果微风吹动廊下的檐马，自然风韵更多。就是在皎洁的明月夜，有人投一石子入寒潭，当的一声也已经妙不可言。

环境虽然可以增减音乐的力量，可是最美妙的音乐当然可以叫我们忘掉我们的环境。好像在山清水秀的地方读了才能有兴趣的文学作品当然算不上伟大的作品，伟大的作品一定可以叫我们忘记我们黑暗狭窄的房屋，破烂单薄的衣裳。

自然，寒山寺的钟声，苍蝇扑纸窗声，檐马叮咚声，石激水面声，里面已经有很大的分别，它们依赖环境的烘托，已经大不相同了。把这种声音来同古琴比较，古琴已经进步了几百倍，我当然也承认。不过，把古琴的音调来比钢琴和提琴，又何尝不是钟声和古琴的差别？不用说钢琴和提琴了，就是我们的琵琶胡琴也已经是进步的乐器。

三

我承认我实在不配来谈古琴。我非但没有研究过中国的七弦琴，我简直就没有学习过音乐，而且我的耳朵还是志摩的反面；他听得见无声的音乐，我常常听不见有声的音乐。一个识不得几个字的人高谈李义山、温飞卿，一个弄不清加减乘除的大讲牛顿、爱因斯坦，也不过一样的可笑。

可是许多事只有不配谈的人才可以谈。阳春白雪之曲是不是比下里巴人之歌强，你去问下里巴人的和者固然是错了，你去问阳春白雪的和者也一样的不对。阳春白雪也许比下里巴人高，同时也许比下里巴人毛病多。也许一个两方都有为不够资格的人才能说中肯话。

只要你研究一件东西多了几个岁月，尤其是人家不懂的东西，你自然觉得里面有不少的奥妙。不用说古琴，就是研究一根木片，一块石头，甚至于一部"易经"，都会找出极大的意味来。这也不是完全因为在台上站了多少年便下不得台，大概还是因为每天都自己给了自己许多的暗示，自己给了自己许多的催眠，起初自己要自己怎样想，后来自己便自然的怎样想了。

　　所以，与其请教古琴专家古琴究竟要得要不得，还不如问像我这样的门外汉，只要这个人平常听到好的音乐时，也知道说声"好"。

　　这末一句的条件是万不可少的。固然一个音乐专家也可以批评，可是一个人有了上面的条件，他的话不定就比不上专家。平常人顶普通的谬见，就是一个人自己不能做什么事，就应当取消批评什么事的资格。你不会写小说，你就不配说什么人的小说好，你的字写得不像样，你就不能说谁的字比较的像样。可是你不会打架，你还是可以说什么人的力气比谁大。

四

　　那么，你觉得古琴不好听，你就说古琴没意思；你觉得莎士比亚没趣味，你就说莎氏不是伟大的天才，什么事都得自己重新估价了？

　　是的，什么都得重新估一番价，才能有真正的平衡，可是，你千万不要忘了那最少的条件。你平常看见好的不知道好，听见糟的不知道糟，也许你还没有估价的标准，先得自己问一问，你再得问一问：你觉得不好，为什么人家觉得好？为什么几百年来的批评家都异口同声的赞美这一本书，那一个歌？细细的研究，也许找出来错的是你自己，因为你那时实在还不够程度。也许错的是别人，他们就没有研究，不过因为那是"自古就有"的东西，他们自小就听惯了，以至自然而然的那样说，那样想。因为有许多大家崇拜的事物是曾经许多代平衡家精确的研究才成立的，有许多是已经僵了的化石，应当加以扫除的腐朽物。平衡者的重新估价，就是在这里面分出个清白来。在重新估价的时候，顶可靠的盈虚消息是保守者的口头禅。要是他们说"文以载道""言之不文、行而不远"，你就有九分的把握知道文言一定有毛病；要是他们说"对牛弹琴"，你也就知道古琴将来的命运了。

家书二封

傅 雷

一

　　早预算新年中必可接到你的信，我们都当作等待什么礼物一般地等着。果然昨天早上收到你（波10）来信，而且是多少可喜的消息。孩子！要是我们在会场上，一定会禁不住涕泗横流的。世界上最高的最纯洁的欢乐，莫过于欣赏艺术，更莫过于欣赏自己的孩子的手和心传达出来的艺术！其次，我们也因为你替祖国增光而快乐！更因为你能借音乐而使多少人欢笑而快乐！想到你将来一定有更大的成就，没有止境的进步，为更多的人更广大的群众服务，鼓舞他们的心情，抚慰他们的创痛，我们真是心都要跳出来了！能够把不朽的大师的不朽的作品发扬光大，传布到地球上每一个角落去，真是多神圣，多光荣的使命！孩子，你太幸福了，天待你太厚了。我更高兴更安慰的是：多少过分的谀词与夸奖，都没有使你丧失自知之明，众人的掌声，拥抱，名流的赞美，都没有减少你对艺术的谦卑！总算我的教育没有白费，你二十年的折磨没有白受！你能坚强（不为胜利冲昏了头脑是坚强的最好的证据），只要你能坚强，我就一辈子放了心！成就的大小、高低，是不在我们掌握之内的，一半靠人力，一半靠天赋，但只要坚强，就不怕失败，不怕挫折，不怕打击——不管是人事上的，生活上的，技术上的，学习上的——打击；从此以后你可以孤军奋斗了。何况事实上有多少良师益友在周围帮助你，扶掖你。还加上古今的名著，时时刻刻给你精神上的养料！孩子，从今以后，你永远不会孤独的了，即使孤独也不怕的了！

赤子之心这句话，我也一直记住的。赤子便是不知道孤独的。赤子孤独了，会创造一个世界，创造许多心灵的朋友！永远保持赤子之心，到老也不会落伍，永远能够与普天下的赤子之心相接相契相抱！你那位朋友说得不错，艺术表现的动人，一定是从心灵的纯洁来的！不是纯洁到像明镜一般，怎能体会到前人的心灵？怎能打动听众的心灵？

……

音乐院长说你的演奏像流水，像河；更令我想到克利斯朵夫的象征。天舅舅说你小时候常以克利斯朵夫自命；而你的个性居然和罗曼·罗兰的理想有些相像了。河，莱茵，江声浩荡……钟声复起，天已黎明……中国正到了"复旦"的黎明时期，但愿你做中国的——新中国的——钟声，响遍世界，响遍每个人的心！滔滔不竭的流水，流到每个人的心坎里去，把大家都带着，跟你一块儿到无边无岸的音响的海洋中去吧！名闻世界的扬子江与黄河，比莱茵的气势还要大呢！……黄河之水天上来，奔流到海不复回！……无边落叶萧萧下，不尽长江滚滚来！……有这种诗人灵魂的传统的民族，应该有气吞牛斗的表现才对。

你说常在矛盾与快乐之中，但我相信艺术家没有矛盾不会进步，不会演变，不会深入。有矛盾正是生机蓬勃的明证。眼前你感到的还不过是技巧与理想的矛盾，将来你还有反复不已更大的矛盾呢：形式与内容的枘凿，自己内心的许许多多不可预料的矛盾，都在前途等着你。别担心，解决一个矛盾，便是前进一步！矛盾是解决不完的，所以艺术没有止境，没有 perfect 的一天，人生也没有 perfect 的一天！惟其如此，才需要我们夜以继日，终生地追求、苦练；要不然大家做了羲皇上人，垂手而天下治，做人也太腻了！

一九五五年一月二十六日

二

　　昨天敏自京回沪度寒假，马先生交其带来不少唱片借听。昨晚听了维伐第的两支协奏曲，显然是史格拉蒂一类的风格，敏说"非常接近大自然"，倒也说得中肯。情调的愉快、开朗、活泼、轻松，风格之典雅、妩媚，意境之纯净、健康，气息之乐观、天真，和声的柔和、堂皇，甜而不俗；处处显出南国风光与意大利民族的特性，令我回想到罗马的天色之蓝，空气之清冽，阳光的灿烂，更进一步追怀二千年前希腊的风土人情，美丽的地中海与柔媚的山脉，以及当时又文明又自然，又典雅又朴素的风流文采，正如丹纳书中所描写的那些境界。——听了这种音乐不禁联想到亨特尔，他倒是北欧人而追求文艺复兴理想的人，也是北欧人而憧憬南国快乐气氛的作曲家。你说他 human（有人情味）是不错的，因为他更本色，更多保留人的原有的性格，所以更健康。他有的是异教气息，不像巴哈被基督教精神束缚，常常匍匐在神的脚下呼号，忏悔，诚惶诚恐地祈求。基督教本是历史上某一特殊时代，地理上某一特殊民族，经济政治某一特殊类型所综合产生的东西；时代变了，特殊的政治经济状况也早已变了，民族也大不相同了，不幸旧文化——旧宗教遗留下来，始终统治着二千年来几乎所有的西方民族，造成了西方人至今为止的那种矛盾，畸形，与十九、二十世纪极不调和的精神状态，处处同文艺复兴以来的主要思潮抵触。在我们中国人眼中，基督教思想尤其显得病态。一方面，文艺复兴以后的人是站起来了，到处肯定自己的独立，发展到十八世纪的百科全书派，十九世纪的自然科学进步以及政治经济方面的革命，显然人类的前途，进步，能力，都是无限的；同时却仍然奉一个无所不能无所不在的神为主宰，好像人永远逃不出他的掌心，再加上原始罪恶与天堂地狱的恐怖与期望：使近代人的精神永远处于支离破碎，纠结复杂，矛盾百出的状态中，这个情形反映在文化的各个方面，学术的各个部门，使他们（西方人）格外心情复杂，难以理解。我总觉得从异教变到基督教，就是人从健康变到病态的主要表现与主要关键——比起近代的西方人来，我们中华民族更接近古代的希腊人，因此更自然，更健康。我们的哲学、文学即使是悲观的部分也不是基督教式的一味投降，或者用现代语说，一味的"失败主义"；而是人类一般对生老病死、春花秋月的慨叹，如古乐府及我们全部诗词中提到人生如朝露一类的作品；或者是愤激与反抗的表现，如老子的《道德经》——就因为此，我们对西方艺术中最喜爱的还是希腊的雕塑，文艺复兴的绘画，十九世纪的风景画——总而言之是非宗教性非说教类的作品——猜想你近年来愈来愈喜欢莫扎特、斯卡拉蒂、亨特尔，大概也是由于中华民族的特殊气质。在精神发展的方向上，我认为你这条路线是正常的，健全的。你的酷好舒伯特，恐怕也反映你爱好中国文艺中的某一类型。亲切，熨帖，温厚，惆怅，凄凉，而又对人生常带哲学意味极浓的深思默想；爱人生，恋念人生而又随时准备飘然远行，高蹈，洒脱，遗世独立，解脱一切等等的表现，岂不是我们汉晋六朝唐宋以来的文学中屡见不鲜的吗？而这些因素不是在舒伯特的作品中也具备的吗？关于上述各点，我很想听听你的意见。关山远阻而你我之间思想交流、精神默契未尝有丝毫间隔，也就象征你这个远方游子永远和产生你的民族，抚养你的祖国，灌溉你的文化血肉相连，息息相通。

一九六一年二月六日上午

看画

汪曾祺

上初中的时候，每天放学回家，一路上只要有可以看看的画，我都要走过去看看。

中市口街东有一个画画的，叫张长之，年纪不大，才二十多岁，是个小胖子。小胖子很聪明。他没有学过画，他画画是看会的。画册、画报、裱画店里挂着的画，他看了一会就能默记在心。背临出来，大致不差。他的画不中不西，用色很鲜明，所以有人愿意买。他什么都画。人物、花卉、翎毛、草虫都画。只是不画山水。他不只是临摹，有时也"创作"。有一次他画了一个斗方，画一棵芭蕉，一只五彩大公鸡，挂在他的画室里（他的画室是敞开的）。这张画只能自己画着玩玩，买是不会有人买的，谁家会在家里挂一张"鸡巴图"？

他擅长的画体叫作"断简残篇"。一条旧碑帖的拓片（多半是汉隶或魏碑）、半张烧糊一角的宋版书的残页、一个裂了缝的扇面、一方端匋斋的印谱……七拼八凑，构成一个画面。画法近似"颖拓"，但是颖拓一般不画这种破破烂烂的东西。他画得很逼真，乍看像是剪贴在纸上的。这种画好像很"雅"，而且这种画只有他画，所以有人买。

这个家伙写信不贴邮票，信封上的邮票是他自己画的。

有一阵子，他每天骑了一匹大马在城里兜一圈，呱嗒呱嗒，神气得很。这马是一个营长的。城里只要驻兵，他很快就和军官混得很熟。办法很简单，每人送一套春宫。

一九四七年，我在上海先施公司二楼卖字画的陈列室看到四条"断简残篇"，一看署名，正是"张长之"！这家伙混得能到上海来卖画，真不简单。

北门里街东有一个专门画像的画工，此人名叫管又萍。走进他的画室，左边墙上挂着一幅非常醒目的朱元璋八分脸的半身画，高四尺，装在镜框里。朱洪武紫棠色脸，额头、颧骨、下巴，都很突出。这种面相，叫作"五岳朝天"。双眼奕奕，威风内敛，很像一个开国之君。朱皇帝头戴纱帽，着圆领团花织金大红龙袍。这张画不但皮肤、皱纹、眼神画得很"真"，纱帽、织金团龙，都画得极其工致。这张画大概是画工平生得意之作，他在画的一角用掺糅篆隶笔意的草书写了自己的名字：管又萍。若干年后，我才体会到管又萍的署名后面所挹注的画工的辛酸。画像的画工是从来不署名的。

若干年后，我才认识到管又萍是一个优秀的肖像画家，并认识到中国的肖像画有一套自成体系的肖像画理论和技法。

我的二伯父和我的生母的像都是管又萍画的。二伯父端坐在椅子上，穿着却是明朝的服装，头戴方巾，身着湖蓝色的斜领道袍。这可能是尊重二伯父的遗志，他是反满的。我没有见过二伯父，但是据说是画得很像的。我母亲去世时我才三岁，记不得她的样子，但我相信也是画得很像的，因为画得像我的姐姐，家里人说我姐姐长得很像我母亲。画工画像并不参照照片，是死人断气后，在床前直接勾描的。

然后还得起一个初稿。初稿只画出颜面，画在熟宣纸上，上面蒙了一张单宣，剪出一个椭圆形的洞，像主的面形从椭圆形的洞里露出。要请亲人家属来审查，提意见，胖了，瘦了，颧骨太高，眉毛离得远了……管又萍按照这些意见，修改之后，再请亲属看过，如无意见，即可完稿。然后再画衣服。

画像是要讲价的，讲的不是工钱，而是用多少朱砂，多少石绿，贴多少金箔。

为了给我的二伯母画像，管又萍到我家里和我的父亲谈了几次，所以我知道这些手续。

管又萍的"生意"是很好的，因为他画人很像，全县第一。

这是一个谦恭谨慎的人，说话小声，走路低头。

出北门，有一家卖画的。因为要下一个坡，而且这家的门总是关着，我没有进去看过。这家的特点是每年端午节前在门前柳树上拉两根绳子，挂出几十张钟馗。饮酒、醉眠、簪花、骑驴，仗剑叱鬼、从鸡笼里掏鸡、往胆瓶里插菖蒲、嫁妹、坐着山轿出巡……大概这家藏有不少种钟馗的画稿，每年只要照描一遍。钟馗在中国人物画里是个很有人性、很有幽默感的可爱的形象。我觉得美术出版社可以把历代画家画的钟馗收集起来出一本《钟馗画谱》，这将是一本非常有趣的画册。这不仅有美术意义，对了解中国文化也是很有意义的。

新巷口有一家"画匠店"，这是画画的作坊。所生产的主要是"家神菩萨"。家神菩萨是几个本不相干的家族的混合集体。最上一层是南海观音和善财龙女。当中是关云长和关平、周仓。下面是财神。他们画画是流水作业，"开脸"的是一个人，画衣纹的是另一个人，最后加彩贴金的又是一个人。开脸的是老画匠，做下手活的是小徒弟。画匠店七八个人同时做活，却听不到声音，原来学画匠的大都是哑巴。这不是什么艺术作品，但是也还值得看看。他们画得很熟练，不会有败笔。有些画法也使我得到启发。比如他们画衣纹是先用淡墨勾线，然后在必要的地方用较深的墨加几道，这样就有立体感，不是平面的，我在画匠店里常常能站着看一个小时。

　　这家画匠店还画"玻璃油画"。在玻璃的反面用油漆画福禄寿或老寿星。这种画是反过来画的，作画程序和正面画完全不同。比如画脸，是先画眉眼五官，后涂肉色；衣服先画图案，后涂底子。这种玻璃油画是作插屏用的。

　　我们县里有几家裱画店，我每一家都要走进去看看。但所裱的画很少好的。人家有古一点的好画都送到苏州去裱。本地裱工不行，只有一次在北市口的裱画店里看到一幅王匋民写的八尺长的对子，给我留下深刻的印象，我认为王匋民是我们县的第一画家。他的字也很有特点，我到现在还说不准他的字的来源，有章草，又有王铎、倪瓒。他用侧锋写那样大的草书对联，这种风格我还没有见过。

皮影戏

金受申

皮影戏起源于京东滦州，虽不是北京"土产"，但在北京已有二三百年的历史。不但前清各王公府邸都有影戏箱，更深印入一般北京人脑筋，成为北京人喜闻乐见的地方剧种。

滦州影戏发明人是滦州安各庄的黄振中先生。时在明万历二十一年（公元一五九三年）。黄先生是万历七年的秀才，创兴影戏的本旨是宣扬教化，以《宣讲拾遗》为底本，所以一直到清光绪二十年前后还称"宣卷"，以后才称"影戏"。影戏在乾、嘉、道、咸四朝期间，曾传布于四川、陕西、豫西、晋南、荆襄、宁夏、热河、奉天、吉林、黑龙江和河北等地。到清朝同治年间分为东、西两派，东派——滦州戏，西派——涿州影。现在北京一二十家影戏社，只西城毛家湾的"和顺社"是西派，以外都是东派的领域了。两派的分别，西派没有底本，影戏人都着古装；东派有底本，且角用时装，所以后来以东派为影戏的主流。

东派滦州影戏脱胎于高腔，前四五十年还用高腔白口，不过没有尖团字。影戏以旦角为主，所以许多《三国志》的故事没有编入。且角全用时装，做影戏人时就以当时的"头纂"为主。所以一看影戏人就知道是什么时期的产物。像乾隆、嘉庆时梳"元宝纂"，道光、咸丰时梳"瓢岔儿纂"，同治时梳"平三套"，光绪初年梳"卧龙船"，以后改"苏州撅"，再改"圆纂"，再改"十三盘"，再改"搭拉苏"，再改"桃儿式"，现在剪发改"飞机式"。比如《吴汉杀妻》，公主戴凤冠霞帔，如果是清末民初做的影戏人，凤冠下面也要加个桃儿式，使观众一目了然。《施公案》戏中的黄天霸，不戴罗帽，只戴草帽凉帽，一遇交战立刻甩草帽盘辫子，使人一看就知是清朝戏，所以说影戏是有时代性的。

影戏当然是以表演，即俗话说的以"耍"为主，在纸帐下通过活动表现剧中情节。手法灵敏的能使皮人动作逼真，但唱腔白口也十分讲究。影戏开场先念坐场诗两句或四句。如《雅观楼》是："剑戟光芒映日月，旌旗闪动妃风云"。坐场诗后是报名叙事。影戏叙事和戏剧不同，要把全戏情节说出十之七八，使听众得知大概。报名叙事以后就是唱，以戏的内容和角色的情绪分别选用八种腔调：

一、"七字文"，不论多少句都是每句七个字，用平韵叫"正"，用仄韵叫"反"，反七字没有过板，拍节紧凑。

二、"三赶七"，也有反正，格式是俩三字、俩四字、俩五字、俩六字、俩七字算为一式。

三、"五字句"，也有反正，是不论多少句都是每句五字。

四、"大金边"，格式是俩五字、俩三字、俩四字、单七字、俩三字。大金边宜用在滑稽戏上，如《王小赶脚》中的词："拉驴出了关，四面咱上眼，好热闹，人呐喊，杂货磉床，打着布伞，茶楼紧对黄酒馆，（哈哈）好大碗，好大碗"，就是这种格式。

五、"小金边"，是俩五字、单七字。

六、"六字头"，俩三字、单七字。

七、"三字经"，完全是三字一句。

八、"十字句"，完全是十字一句。

这八种腔调格式是一定的。有那不知道影戏价值的，硬说影戏胡唱，那真是胡说。影戏当初既是宣传教化的工具，所以文字很隽雅，像滑稽戏《老师谋馆》，完全用"四书"（《论语》《孟子》《大学》《中庸》）句子；《偷蔓菁》完全套用"五经"（《诗经》《书经》《易经》《礼记》《春秋》）句子，没知识的人，真是听不懂。

影戏题材丰富，本戏很多。一出连台本戏能演二十八个小时，每日演四小时，能演七日。皮黄中的《混元盒》，以前福寿堂演的《十粒金丹》，都是由影戏翻过来的。影戏本戏最好的有《五凤剑》《青云剑》（即《马潜龙走国》）《五虎平西》《望夫山》《三贤传》等，都是穿插紧凑的剧本。武戏中最好的有《棋盘会》《黄巢抢长安》《无底洞》《太平桥》，带水彩的《二龙戏珠》《珍珠烈火旗》《火烧余洪》等，都是马上步下、一招一式极讲究的剧本。旦戏最多，像《祭塔》《雪梅吊孝训子》《三娘教子》《千张纸》《走鼓粘棉》《夜宿花亭》，唱功白口身段无一不佳。滑稽戏像《秃子过会》《双怕婆》《嘎秃子闹洞房》《老师谋馆》《偷蔓菁》《偷萝卜》《借狄狄》《打枣》《打面缸》，因为影戏用京白，所以足以令人喷饭。

庆民升影戏社李峻峰、李脱尘父子思想新颖，笃奉基督教，不但对于词句力求合理化，还编了许多新戏和基督教戏。如《庚子变乱记》，便是一本富有历史性的本戏，戏中将义和团和刚毅、荣禄等个性，描写得很好。基督教戏有《出埃及》《大卫战胜克利亚》《火烧所得马额木拉》《耶稣降生》《耶稣生日》《但以理》等，也起到宣传教化的作用。

露 天 电 影

苏 童

　　直到现在，我的记忆中还经常出现打谷场上的那块银幕。一块白色的、四周镶着紫红色边的银幕，用两根竹竿草草地固定着，灯光已经提前打在上面，使乡村寂寞漆黑的夜生活中出现了一个明亮欢快的窗口。如果你当时还匆匆行走在通往打谷场的田间小路上，如果你从城里赶过来，如果新闻简报已经开始，赶夜路的人的脚步会变得焦灼而慌张。打谷场上发亮的银幕对于他们好像是天堂的一扇窗，它打开了，一个原先空虚的无所事事的夜晚便被彻底地充实了。

　　农用拖拉机、打谷机和一堆堆草垛湮没在人海中。附近乡村的农民大多坐在前排，他们从家里搬来了长凳和小板凳，这样的夜晚他们很难得地成为特权阶层。更多的是一些像我们这样来历不明的孩子和青年，他们在人群里站着，或者在一片骂声中挤到前排，在一个本来就拥挤的空间里席地而坐，对来自身边的推搡和埋怨置之不理。电影开始了，打谷场上的嘈杂声渐渐地消失，人们熟悉的李向阳挎着盒子枪来了，梳直发的、让年轻姑娘群起效仿的游击队女党代表柯湘来了，油头粉面的叛徒王连举来了，阴险狡诈的日本鬼子松井大队长也来了……孩子们在他们出场之前就报出了他们的名字，大人让他们的孩子闭嘴，实际上这是一次人群与电影人物老友重逢的欢聚。

打谷场上的欢乐随着银幕上出现一个"完"字而收场，然后是一片混乱。有的妇女这时候突然发现自己的孩子不见了，于是尖声叫喊着孩子的名字。也有血气方刚的小伙子突然扭打在一起，引得人们纷纷躲避，一问原因，说是在刚才看电影时结了怨，谁的脑袋挡着谁的视线，谁也不肯让一让，这会儿是秋后算账了。我那会儿年龄还小，跟着邻居家的大孩子去到一个个陌生的打谷场，等到电影散场时却总是找不到他们的人影。

我记得那些独自回家的夜晚，随着人流向田间小路走，渐渐地，同行的人都折向了其他的村庄，只有我一个人走在漆黑的环城公路上。露天电影已经离你远去，这时候你才意识到回家的路是那么漫长，不安分的孩子开始为一部看过多次的电影付出代价。代价是走五里甚至十里的夜路，没有灯光，只有萤火虫在田野深处盲目地飞行着，留下一些无用的光线。有几次，我独自经过了郊外最大的坟地，亲眼看到了人们所说的鬼火（现在才知道是骨质中磷元素在搞鬼），而坟地特有的杂树乱草加深了我的恐惧。当城乡接合部稠密的房屋像山岭一样出现在我的视线里时，我觉得那些有灯光的窗口就像打谷场上的银幕，成为我新的依靠。我急切地奔向我家的窗口，就像两个小时以前奔向打谷场的那块银幕。

那不是一个美好的年代，但是在一个并不美好的年代，会出现许多美好的夜晚，使你忽略了白天的痛楚和哀伤。一切都与生命有关，而与生命有关的细节总是值得回忆的。